丝路乡村

甘 / 肃 / 民 / 间 / 风 / 物

任随平 著

河海大学出版社
HOHAI UNIVERSITY PRESS

图书在版编目（CIP）数据

丝路乡村：甘肃民间风物 / 任随平著. -- 南京：河海大学出版社，2019.1
ISBN 978-7-5630-5677-4

Ⅰ．①丝… Ⅱ．①任… Ⅲ．①散文集－中国－当代 Ⅳ．①I267

中国版本图书馆CIP数据核字（2018）第237429号

书　　名 / 丝路乡村——甘肃民间风物
书　　号 / ISBN 978-7-5630-5677-4
责任编辑 / 齐　岩　毛积孝
特约编辑 / 李　路　仇雪敏
封面设计 / 杨梦清
版式设计 / 刘昌凤
出版发行 / 河海大学出版社
地　　址 / 南京市西康路1号（邮编：210098）
电　　话 /（025）83722833（营销部）
/（025）83737852（综合部）
经　　销 / 江苏省新华发行集团有限公司
印　　刷 / 三河市元兴印务有限公司
开　　本 / 880毫米×1230毫米　1/32
印　　张 / 7.5
字　　数 / 156千字
版　　次 / 2019年1月第1版
印　　次 / 2019年1月第1次印刷
定　　价 / 59.80元

自 序

甘肃作为古丝绸之路要道之一，承载和传播了人类文明的丰硕成果，自古以来就有"大漠孤烟直，长河落日圆"的广袤与壮阔，有"劝君更尽一杯酒，西出阳关无故人"的豪迈与赤诚，的确如是，这里有着辽阔的大漠，有大漠上终年缓慢而行的驼队，有驼铃声里摇曳生辉的日出而作、日落而息的壮美，有壮美里连绵起伏的胡杨林，以及胡杨深处炊烟袅娜的村庄……这一切就像一曲绵密幽深的歌谣，绵绵诉说着古丝绸之路在人类文明史册中的璀璨光辉。

而这一切，又无不与高原大漠中的村庄息息相关。于是，作为这村庄所养育了和养育着的一代代丝绸之路的子民，怎能不用歌喉去歌吟和颂扬人类文明传承的驿站呢？《丝路乡村——甘肃民间风物》作为这驿站上的一扇小窗，折射出丝路上的一些风土人情，让我们在不经意间了解和把握丝路风情。

本书从"村庄印象""聆听时光""远去的物事""行走的脚步"四个方面记录了丝路之上广袤辽远的村野，写下了村野之间的青青瓦舍，瓦舍之上鸟鸣如洗的晨昏，晨昏之间风吹叶落、冬去春来的斑驳尘世景象，沉淀和融入着我对丝路乡村独有的生命体验。这些年，我偏居西北一隅，安静地与生养我的大地融为一体，与虫鸣一同在春日的清晨醒来，与蛙声在夏日的烈焰里奔跑，与旋舞的落叶在秋阳里静默守望，与一场迟来的冬雪在阔野漫步。就这样，我的生命中已沉淀和融入了西北广袤大野的粗犷与沉着，以及等待着生命星光降临的柔韧与耐心。因此，我将每一声悬挂在屋檐的鸟鸣当作生命叮咚的钟声，把冬夜里的一声狗吠当作冬春交季的临界，把拐过山崖背负柴禾的老者当作我未来人生的明天，把一棵扭歪了脚踝的榆树看成我前世命运的缩影。于是，我愈是长久地与土地为伍，就愈是不能离弃。就这样，我安静地在这片土地上生活了三十余载，土地成了我书写的册页，我成了土地上行走着的文字。有时，当我一个人背负满天星光彳亍村野时，我就感到大地与我相伴而行，甚至开口说话，说春潮暴动，说暴动里一些亲人匆匆地走着走着就走向了大地安静的腹地，在那里建立属于自己的另一所宫殿。

于是，有风无风的日子，我都与我的大地相厮守，行走着，记录着，像一条河流，背负着前行的热望，一路前行。我知道，辰星和驼队就在远方，只需要用歌声走出暗夜，丝路就是一条光明大道，承有文字的果实和诗的内核。

目 录

第一辑 | 村庄印象　001

- 003　乡村雪事
- 005　草木村庄
- 008　雕刻雪花
- 011　村庄的味道
- 013　冰窗花
- 015　大地春醒
- 018　阅读春天
- 021　二月山野
- 023　春燕剪过三月
- 025　高原的风
- 028　最是梨花飘香时
- 030　三月葱茏
- 033　聆听春天
- 035　初醒的大地
- 037　春草渐欲迷人眼
- 039　雨落山野
- 041　村庄里的树
- 043　打碗碗花开

045	五月槐花香
048	故乡的绿
050	村庄的标点
052	染秋
054	漫步秋野
056	聆听秋声
058	秋夜
060	醉秋
063	走进冬天
065	冬日赋
067	冬日暮晚
069	冬夜花开
071	冬之恋
073	冬的等待
075	杏花深处
078	油菜花开
081	鸟语

第二辑 | 聆听时光　085

- 087　灯光
- 089　生命之窗
- 091　独对黑夜
- 093　给生命以芬芳
- 096　音乐相伴暖寒夜
- 098　秋虫啁啾诗书香
- 100　米兰花开
- 102　最是炉火温暖时
- 104　书香春节
- 106　纸鸢高飞惹人醉
- 108　炊烟远去
- 111　居住在城市里的鸟
- 113　窗棂上的鸟鸣
- 115　冬阳煨暖的童年
- 117　水声流长
- 120　腊月记忆

123	秋园记
125	鸟鸣澹澹
128	通往春天的小桥
131	夜色包裹了的村庄
133	父亲随想
135	春光慢
138	秋阳正浓
140	感恩麦香
142	鸟鸣洗亮的晨昏
144	村庄的眼睛
146	檐雨声声
148	寂寞的冰草
150	澹澹月色润心扉
	——夜读周国平《人生哲思录》之关于生命感悟
152	五月，夏唇轻启

第三辑 | 远去的物事　155

157	苜蓿飘香
159	老了的河流
161	怀念喜鹊
164	元宵记忆
167	仰望鸟窝
169	木格窗
171	远去的窗花
174	乡村赶集
176	年画随想
178	记忆中的手书对联
180	年的印章
182	仰望
184	古井记
187	春韭飘香
190	春到榆钱
192	村巷里的隐逸时光
198	夏日水塘
201	麦叶田田
204	草木情缘
209	蛙鸣遍野

第四辑 | 行走的脚步　211

- 213 | 秋日野荷谷
- 215 | 青海湖纪行
- 219 | 江南五月
- 221 | 印象南京
- 225 | 丽江，丽江

跋　229

第一辑　村庄印象

　　每一个从村庄走出的人,抑或将要走出村庄的人,都将感受到在自己单薄的身后,有一只牵绊的手,或者一双凝视的眼睛,在牵扯着我们,在呼唤着我们,那就是村庄的味道——期盼的味道,回归的味道!

——《村庄的味道》

乡村雪事

在北地，每到寒冬腊月，人们总是望眼欲穿地期待着一场场雪的盛宴，能在乡村巨大的舞台上如期而来。如若真的落起雪来，对于乡村而言，便真的是一场盛大的礼乐。

一夜之间，远山、村庄、草垛、场院里已是苍苍茫茫，瓦楞上、窗沿上的雪花，似谁的小手轻轻地安放上去的，那么别致，令人不忍触碰，似乎一声呼喊就能将它们从衬托着的物体上震落下来。所以，面对一场渴望已久的雪，没人不心花怒放。

雪停了，男人们的首要任务就是引领着孩子们，拿着扫帚铁锹，开始清除场院里的积雪。这当儿，便是孩子们玩乐的时候，他们会忙里偷闲，从四下里找来废旧了的衣物，披在刚刚清扫在一起的雪堆上，手疾眼快地，乘着大人们推车送雪的空当，从厨房里拿出随意堆放的胡萝卜，顺手插在雪堆身上；从屋檐下，或者堆放杂物的粮仓里，拿出一顶半新不旧的草帽，盖在雪堆顶上，就这样，一个害羞的雪人就堆好了。之后，便是肆无忌惮的欢呼雀跃，即便是大人们看见了，也不轻易指责或者将雪人搬出院落。似乎，在每一个人的记忆深处，都暗藏着一段与雪有关的情缘，何况是在乡村，这里本就是雪的圣地，雪的王国，谁会愿意在童年的无忌与雪的圣洁之间留下一段不快的往事呢？

而这时候，女人们做的最多的是挑选一处清扫过的坡地，或者人家门前的高地，三五成群，相互挤在一起，手里拿了鞋底，一边扯线，一边斜着头用牙努力地咬掉多余的线头，间或说几句关于彼此男人之间的笑话，被说了的女人要么脸上凸显出一阵红晕，要么胆大地揪了说者的衣衫，前拉后扯地一阵嬉笑。其实，一年积累下来的闲话也只有在这时候说出来，才能更加让人有欢笑的氛围，如若换了忙乱的夏季或者秋收时节，谁还会有时间拉扯一阵无关紧要的笑话呢。因此，在乡村，冬闲季节更是令人开怀。

说笑之间，便有闲不住的上了年岁的人，吆喝着牛羊出圈，将牛拴在了临近院落的墙角，顺手牵过一捧玉米秸秆，让它缓慢咀嚼。牛是最老实的动物，一声不吭，冬天的时光在它们的眼里，似乎就是在咀嚼与反刍草料之间度过的。而那一群群羊则不同，它们会被主人一声鞭哨赶上向阳的土坡，那些落光了叶子但枝杆依然硬朗的蒿草，挺直了腰身，钻出覆盖的积雪，将骨骼在暖阳的照耀里来回摇曳，吸引着馋嘴的羊群，在土坡之上留下觅食的蹄印。

事实上，冬月乡村就是一曲幸福的歌谣，纷飞的雪花，就像音符，在通往春天的路上，一曲悠扬，一曲念想……

发表于2014年2月1日《人民日报》

草木村庄

村庄是草木装订的一部册页，每一页都缔结着草木清香的文字，那些终年生活在树木之上的鸟雀，则是文字中率性点逗上去的标点。于是，村庄是诗意的，包括它的青青瓦舍，炊烟袅娜，以及山寺深处的晨钟暮鼓。

我的村庄三山环抱，唯一的缺口便是通向山外的出口，一棵扭歪了脚踝的槐树正正当当站在村巷口，算是村庄的护佑之神。每年暮春夏初，树神就婆婆娑娑开出一树粉嘟嘟的槐花。晨起，鸟声聒噪，拐过七拐八弯的村巷，总见早起的人们早已立于树下，仰首望着成串成串的槐花出神，冷不丁一声鸟叫，仰望着的人猛然缩了脖颈，又急急地向更高处的枝杈间望去，原是几只鸟雀互相追逐着，在枝间翻转腾挪，惹得槐花一阵纷落，怜惜者便捡了槐花，亦捡得了几支随花而落的羽毛，凑近眼眸细细一阵端详，间或笑一声，向着村巷深处走去，还不忘回首向着花香馥郁的巷口回眸。午后的时光，槐树下便成了人们乘凉蔽荫的好去处，老人们装了烟锅，心满意足地吞吐烟圈，女人们三五围聚，或玩纸牌，或聊一些家长里短的闲话，唯有孩子们奔走在树荫荫蔽的草垛背后，玩着不为大人们所了解的游戏。此刻，阳光浓郁，远山静默，唯有这巷口，在热闹纷繁中与人们共度一段时光，共享一份快乐。

及至秋日来临，背临村庄向阳的山坡上，便是杏树一统秋色。若是落过几场霜，那杏叶必是红的红，黄的黄，红的如霞，黄的似金，红中透黄，黄中带红，你洇染了我，我渲染了你。向晚阵风过处，杏叶打着旋儿，向着低处的谷地飘落下来，或疾或徐，殷红的光线折扇般斜插过来，穿行在杏叶落雨般的罅隙里，这景致便若尘世之上绚烂斑驳的仙衣，被谁的纤纤玉指轻轻捻起，向着黄昏的幕布颤颤地抖着，整个山坡便成了一幅阔大的银幕，而村庄，而山野，便如流动的画幅，一幕一幕演绎着村庄之静美，醉了归鸟，醉了归圈的牛羊。若是恰逢落雨，这纷落的杏叶就成了真真实实的杏叶雨，归巢的鸟雀便成了背负斜阳的箭镞，从此山向着彼山斜斜地插过去，隐没在视线之外。而那归圈的牛羊也加快了步伐，忽闪着身上的雨滴，穿过草木搭建的凉棚，进得圈去，独享一份夜雨叮当的安逸。

冬日来临，村庄并不寂寞，虽则落叶归根，草叶枯去，而那些落光了枝叶的杨树却独独地举起了手臂，向着广袤穹苍，向着辽远山野。漫步村野，尤其是当落过一场纷扬大雪之后，若是举首，你就会冷不防遇到杨树高扬的枝丫，正在坚定地举起一座鸟窝，鸟窝深处是否有鸟儿温暖的翅羽不得而知，单就那草木垒就的巢穴眼眸般仰望着长空，便给人无限的暖意。面对此情此景，你必会对一只鸟儿，抑或鸟之家族坚定的生存信念心生敬意，它们留守住的不仅仅是自我,是鸟之家族,更重要的是留守住了一份生存的信念,一份对村庄大地的信任与爱恋。于是,每到冬日雪落村野的时候,我总会独自缓步穿越村野腹地,寻觅一处鸟窝,在仰望中思忖村庄、草木与鸟雀的关系,并深深为之着迷。

由此,村庄更像一座鸟窝,一座草木搭建的鸟窝,居住的不只是人类的鸟儿,更有草木清香,和这清香养育着的不离不弃的坚守与皈依。

发表于2017年6月5日《人民日报》

雕刻雪花

磨一把锋刃，雕刻雪花。

雕刻雪花，就是雕刻一串粉妆玉砌的童话。听，簌簌的落英，是雪花吗，还是天堂走失的剔透的精灵，搭乘着天空的软梯，正在回归人间？她们小心翼翼，生怕惊动了被暗夜包裹了的村庄，和这村庄掩映下的温暖小屋里的谈话，轻点，再轻点，落地的瞬间最好是脚尖着地，或者就干脆悄无声息地落在屋檐上，落在干枯的杨树枝头上，落在一个人冷不防竖起的衣领里，要不，就堂而皇之地隐遁在望眼欲穿的深眸里。其实，在冬天，在人间，雪花是最顽皮的天使，盼是盼不来的，她们却暗暗地在窗外聆听静夜的鼻息，似乎从不曾离开过人间，就住在某个不易发觉的角落，抑或就在我们不曾忘却的灵魂里。

如果夜深了，吠叫的狗声也三三两两地稀落下来，牛羊也在干燥的圈舍里反刍草料，这时候，这些精灵们就会肆无忌惮起来，朝着村庄，朝着杨树林，朝着七拐八弯的羊肠小道，疯狂地奔跑起来。风似乎本就是她们最初的盟友，坚守着某种承诺，这时候就躲在山崖背后的角落里，独自安享着夜的静谧。她们则挨挨挤挤地跑到场院里，跑到草垛上，跑到瓦楞上，跑到折了腰身的狗尾巴草叶上，像远道而来的亲友，填满了村庄巨大的空间，就连藏在檐角下的犁铧上、草帽里，也落上亮晶晶的一层。

暗夜掠去，黎明醒来。惊魂未定的鸟儿们叽叽喳喳地从高大的洋槐枯枝间飞临雪地，背脊上的雪花被窸窸窣窣地抖落下来，在散漫的阳光下飞扬成一抹抹耀眼的雪幕。不多时，远山上的秃鹫，还有鸣着鸽哨的群鸽，相继划过村庄的上空，它们也要在这雪的盛宴上一展英姿，把最美的翔姿留在尘世的仰望里。

当然，更急不可待的是孩子们，他们对着树上的雪球一阵摇晃，顽皮的就站在树底下，双手接住了飞落下来的雪花，握紧在小手里，之后，又猛地摔向远处的伙伴，之后，就是村庄的每一个小巷里，弥漫着欢快的笑声，追逐声……

而早起的人们，已是手握扫帚，从各自的家门开始，向着村庄通向外界的方向清扫积雪，其实，他们也并不舍得清扫到很远的地方，只要留出便于出行的小道即可，他们要把更多的雪留下来，留作孩子们的玩伴。面对雪，谁能不有一颗晶莹剔透的童心呢？

随着大把大把的阳光散落在门前的宽阔的场院里，安享了一夜静谧的牛也被牵了出来，随手系在露出积雪的木桩上，它们从不挑剔，开始咀嚼起干净的草叶来，偶尔，被三两个妇人的谈话吸引过来，安静地望着远处，眸子里洋溢出鲜为人所能明确的欣喜，似乎，在雪地上饱餐一顿也是十分惬意的享受。

是的，在生命短暂的历程里，能够静享雪之精灵带给我们的圣洁与安宁，对于人生而言，就是一种别样的情怀，就像一把锋刃，在记忆的艺术架上，雕刻出一朵淡泊宁静的奇葩！

发表于2013年1月14日《甘肃日报》

村庄的味道

村庄不仅仅是地域的,更是精神的。在我的记忆里,村庄有着属于自己的独特的味道。

村庄的味道是炊烟的味道,草木的香味。晨烟如梦,<u>丝丝缕缕</u>地从村庄里升起的时候,就是黎明醒来的时候,也就是村庄开始一天忙碌的时候。这时候,鸟儿开始在枝条间跃动啼鸣,顽皮的,干脆落在主人宽阔的院落里,叽叽喳喳,你争我抢,肆无忌惮地练着晨操。更有甚者,就挤在烟囱边,倏地穿过或淡薄或浓密的炊烟,径直飞向了远处。唯有炊烟,依旧散发着草木的清香,飘散在屋顶之上。如果遇到烟雨天气,回旋盘绕的炊烟,更是给村庄增添了几分安谧与诗意。牧羊人静静地独坐山间,看低处的炊烟,就像村庄养育的孩子,弥漫在场院里、屋檐下,显出几分羞涩,几分迷恋。若是暮晚时分,你从远山的小道上漫步而来,这清香的炊烟里掺和了几声母唤儿归的悠长的叫声,那整个村庄更是让人迷离,沉醉不归了。

村庄的味道是炉火的味道,温暖的馨香。深冬时节,村庄就飘起炉火暖暖的味道，不论你是久居村庄，还是远道而来，一旦走近村庄，你的浑身必将涌起融融的暖意。如果飘雪了，没有风声鹤唳，只有雪落枝头的飒飒声。此刻，小屋之内炉火挤出炉膛，安静地舔着煎熬的茶罐，间或发出嗞嗞的声响，而一家人或者亲朋好友聚在炉火周围，谈天说地，推杯换盏，你一定能够感受到弥漫在屋内的已不是深冬，而是酡红的春天了。

村庄的味道也是童年的味道，每一个追逐嬉戏的身影，每一只飞过柳树稠密枝叶的萤火虫，每一声草虫的鸣叫，每一颗飞逝而过的流星，每一个被流传了很久的故事……它们都是村庄的味道，烙着快乐的印记。时过经年，依旧散发着淡淡的愁绪，和竭尽一生的渴念与回望。

因此，每一个从村庄走出的人，抑或将要走出村庄的人，都将感受到在自己单薄的身后，有一只牵绊的手，或者一双凝视的眼睛，在牵扯着我们，在呼唤着我们，那就是村庄的味道——期盼的味道，回归的味道！

发表于2014年第5期《朔风》

冰窗花

冰窗花盛开在冬日的窗棂上，是一道绝美的风景，尤其是在久居乡下的那些日子里。

于是，每到冬日，我会有意无意地念起熨帖在冬日木格窗棂上的冰窗花。冬日的居室里，总会生了炉火，白日里，落了雪，一家人和和暖暖地或斜倚或平躺在温热的土炕上，母亲选了废旧的布料，熬了浆糊，炕头置一炕桌，安安静静地做着鞋垫。父亲借了炉火，熬着罐罐茶，火苗间或抽出来，舔舐着茶罐，茶水嗞嗞地发着声响，茶香随着响声氤氲开来，整个屋舍内顿时茶香弥漫，即便是不常喝茶的人，浸淫在如此的茶香里，也会有几分迷醉，几分品咂的热望。而我，总是斜倚在墙角，捧了热爱的书籍，一页页，在缓慢流走的时光里，细品一份恬美与温馨。冬日的白天总是很短，像兔子率性的尾巴，一甩，一天的时光就溜走了。而冬日的夜晚，唯有恬静与安谧。雪花簌簌地落着，风安静地睡去，远山近水被夜色围拢而来，婴孩一般安卧在村庄阔大的臂弯里。屋舍之内，炉火正旺，壶水呼呼地散发着热气，木格窗棂的玻璃上，热气凝结而成的水珠簌簌流泻下来，洇湿在墙壁上，像梦呓的印痕，烙着时光的印记。

晨曦微亮，不必急于晨起，和衣而坐，望向临近的窗棂，你会惊喜地发现，整个窗玻璃上冰窗花葳蕤如春，轻轻地凑近鼻息，似乎能嗅出冰窗花散发着馥郁的馨香，冰洁，剔透，令人心灵震颤。手指轻轻抚摸上去，冰窗花棱角分明，如一朵朵雪花，被夜神的手指悄悄安抚上去，灵动而又精美，既有花之妩媚造型，亦有花之悄然神韵，不是俗世那一双巧手能够裁剪得出的。面对如此精美的自然神物，又有谁忍心去擦拭呢？但又有谁能长久地屏息凝视，而不凑近鼻息呵气顽皮呢？于是，悄然撮圆了嘴唇，凑上前去，吹灰般轻吹一口气，冰窗花随着热气消融开来，逐渐地四散开去，这个过程，是多么的美妙，又是多么的悄然无声，似乎每一个人，都在内心深处对冰窗花充满着敬意，如同面对一件圣物，有着发自灵魂深处的敬畏与迷恋。

就这样，冰窗花伴随着我走过了一个又一个寒冷的冬天，而今我已走过而立之年，故园的老屋也随着时间的推移逐渐老去，像一个人的暮年，正在经历着风吹日晒的剥蚀，而盛开在木格窗棂上的冰窗花，则更像一个个挥之不去的梦魇，长久地驻扎在我的梦中，每每半夜惊醒，我都在与冰窗花相视而笑，彼此言说着不为人知的秘密。

冰窗花，你盛开在故园窗棂上的，不只是花，更是人生路上愈走愈远的梦幻，带着我的牵念，带着我恒久的热望。

发表于2016年12月23日《人民日报》

大地春醒

如若冬天不曾在安谧中睡去,春天就不会在阵阵涌动的春潮中苏醒,尤其是村庄大地。

在村庄,最先醒过来的是山野。伫立山巅,举目而望,山野因时令的变化,早已褪去了冬日黛赭色的外衣,代之而来的是浅淡的绿意礼服,从山峁梁岇到纵横沟壑,如泼墨绘制,本就浅淡,却总分得出低处的浓郁,高处的淡薄,应验着"高处不胜寒"的古意。事实上,季节本就是一位艺术大师,饱蘸时光的墨色,每一笔均能勾勒出令人不易觉察的渐变的艺术,每一天,每一时,每一个或仰望或俯瞰的姿势,都能让你会心地微笑,甚至由衷地发出赞叹。就像此刻打马而过的风的马车,不再像冬日那般清冽与寒冷,让你在猝不及防中寒意阵阵。春风会温柔许多,不紧不慢,拂过你的发髻,掠过你的眉梢,甚或在缓慢中顺进你的衣领,但你绝不会在猛然之间裹紧衣领,抑或背转身去,你会安静地静享一阵春风的洗礼涤荡,由外而内,就连内心深处潜藏着的隐秘,也不再是隐秘,你会在梦呓般的诉说里让它成为山野的一部分,成为大地之上随风流动的生命律动的记忆。

　　进而醒过来的会是河流。大大小小，不一而足，都会在春日的某个午后悄然蜕变，尘封一季的冰雪已然消融，水流清冽，两岸苇草窸窸窣窣的身影，随着水流叮咚而去，这样的景象在我童年的映像里尤为明丽。村庄里的小河总是傍山而生，巡着水流溯流而上，总能找到它的源头，不在山石的罅隙里，便在沟壑的崖角下，水质清凉无污染，尤其是春醒后的河水更是清凉澄澈，因此人们总会挑了小河里的水去洗衣、喂牲畜。春晨，早起的人们挑了水桶，一路浅唱低吟，去的去，来的来，熙熙攘攘，像是赶一场久违了的盛会，崖角处，河畔边，总见他们一手扶桶，一手执瓢，相互寒暄着，说笑着，似乎每个人的内心都有说不完的隐秘，道不完的开心。那时候，晨醒了的光线斜斜地洒落下来，将整个小河映照出一条粼粼闪耀着的光河，加上流水淙淙，村庄静穆，整个村野便成了一幅绝美的画幅，明丽着，生动着，影片一般定格在童年素朴的胶片上。

　　当然，春天里的鸟雀亦不消停，虽则它们不曾在寒冷的冬日里休眠，却也会趁着春日的明媚更为雀跃好动。

　　在村庄，尤其是麻雀，鹁鸪，更是耐不住夜的寂寞。晨醒，不待人们推门而出，它们早已从巢穴中汇集而来，一会从高处的杨树上扑棱而下，落在檐前的瓦楞上，一会又从瓦楞间集体出逃，飞临低处的场院里，呼朋唤友，争抢食物，饱食了的就落在场院中心的草垛上兀自歌唱。若是落过一场濛濛细雨，鸟雀们的盛会场面更是盛大，似乎在它们的生命履历中没有忧心烦闷，唯有跃动与歌唱。

春醒了的大地,就是万物成长的舞台,生、旦、净、末、丑,总有一个角色令你欣喜,令你惊叹。

发表于2017年3月9日《平潭时报》

阅读春天

春天是时光写就的一部大书。

阅读春天，从阅读山野的桃花开始。风一路小跑着从冬的怀抱中挣脱出来，山野的积雪就像被谁温煦的双手拂过，没几日，便酥酥地消融了，软软地融进醒过来的大地的肺腑里，整个山野便如重新梳妆过似的，黛赭不再，绿意复苏，浅浅的，若邻家女子淡淡的妆容，却给人青春焕发的清爽之意。

就这样，再不了几日，倏忽之间却见山野的桃花开了，羞羞怯怯的样子，于是，赏桃花无需呼朋唤友，三五成群，最好独赏，就像独品静夜里的一杯香茗，夜色沉静，虫鸣几许，这样的品啜更觉余香袅娜，沉浸肺腑。何况桃花本就羞赧，一副躲躲闪闪的样子。在我的故乡，桃树山野遍布，不必刻意寻觅。向阳的土坡上，桃花一路弥漫，只要你于某个阳光晴好的午后，步入山野，沿山道缓步而行，便见一树树桃花若拧亮了的灯盏一般，灼灼如火，艳艳如霞，蝉翼般的花瓣在风中孱孱弱弱地颤抖着，似在诉说，抑或歌吟。无需凑近鼻息，甜蜜的芳香亦能逼入你的肺腑，加之阳光浓郁，整个人儿倍感身心俱轻。山野犹如一幅巨大的画幅将人裹挟其间，你我便如其中翻动着的文字，轻灵馥郁。春天啊，便是一部翻动着的画册了。

阅读过春野的画册，你若意犹未尽，那么，你就走进春晨的田地，在这里，阅读一头牛所背负着的春天，便是再美好不过的了。牛是勤劳的，亦是忠实的，休养过一个冬天早已是浑身足力，再也耐不住棚圈的寂寞了。春晨不是夏日，光线温和，主人与牛进入田地也是日上山头。此刻的田地早已苏醒，松松软软的，等待着犁铧划过它的肌肤，翻卷出尘封一季的温热的话语，在阳光下，重新与高远的穹苍对话。在主人搭配缰套与犁铧期间，牛静默着，向着远山阳光斜洒下来的方向张望着，静享着天空、大地、云朵、阳光勾勒出的画幅，等待着主人发号施令。

事实上，对于牛而言，犁地虽则辛劳，却也幸福，毕竟它沉稳的脚步将深吻着大地的肌肤，每一步，都将埋下春天的籽种，每一步，都将成长出生命葳蕤的明天，每一步，都会成为它生命劳作中永恒的记忆。因此，牛休息下来的时候，它会反刍，反刍草料，反刍主人的喂养，反刍劳作着的意义，反刍一段感情。父亲养过牛，我也扶过犁，我和牛有着深厚的交情，我甚至爱牛，爱一头牛劳作之余安静地卧在田埂边，看它呼出的热气在空中飘散，看它依偎土地的姿势，看它舔食身边的青草，看它硕大的眼眶里流出硕大的泪珠，我有时想，那硕大的珠泪里是否饱含了一头牛对土地的眷恋，和对尘世生活的向往？由此，在春天的美好时光里，阅读一头牛，就是阅读一部哲学。

于是，放步春天的山野，春天会给我们馥郁与馨香。

放步山野的春晨，春晨会给我们思考与启悟。人生，不就是一个又一个这样的春天么？

发表于2017年3月3日《甘孜日报》

二月山野

正月是一杯浓酽醇香的烈酒，醉了东风，醉了阳光细密的针脚，而时光，就像这针脚里游走的丝线，不经意间已走上二月的花毡，整个山野，便沉浸在草木萌动的馨香里。

时近惊蛰，《月令七十二候集解》注曰："二月节……万物出乎震，震为雷，故曰惊蛰，是蛰虫惊而出走矣。"这便是仲春时节的开始。若是夜半风轻人静，窸窸窣窣落过一场春雨，黎明推门而出，澄澈的阳光的细线丝丝缕缕地穿过杨树干枯的枝丫流泻下来，青青瓦舍泛着润泽的光芒，人浸淫在浓郁的和煦里，眯缝了双眼，抬手而望，见远山苍苍茫茫的褴褛已被鲜嫩的草色所遮蔽，这时候，你我便迫不及待夺门而出，毕竟，春色虽不及夏花之绚烂，但却孕育了秋之成熟与丰获，于是，春色满含了惊喜与期待，令人心向往之。去往山野的脚步一定要轻而又轻，路旁的草茎托举着珠露，却是那般孱弱，好似积聚了全身向上的力量，极力地托付着，一不小心，脚步挪移的跫音都会将它们震落下来。那么明亮的珠露，有如喜泪般干净透亮，浑圆的身体里包裹着春天的全部热望，颤颤悠悠，似娉婷而立的女子，似乎每一滴，都能润泽出一个明媚的春晨。及至到了山野，无需疾步而行，成片成片的草色浸润在旷野的安谧里，就连一声声简短的虫鸣，除了轻盈的赞美之外，也别无拖沓之音，似乎它们的梦想亦如蝉翼般透明别致，容不得尘灰与污浊。轻轻地附身，抑或安卧在草茎稀疏的空地，让鼻息贴近草叶的呼吸，你就能听得见地脉涌动的声响，如麦浪阵阵，簇拥着你的心脏与爱怜，渐渐地，你的呼吸就会急促，急促如马蹄疾走，急促如震雷过耳，春潮的马车就会纷沓而至，在简短的时日里开进村庄的每一处空地，踏上村野的每一寸肌肤。

　　暮晚时分，丝丝缕缕的雾霭从山顶笼下来，缥缥缈缈，罩在漫山遍野的新娘的秀发上，如薄纱，但比薄纱更有质感，似雨帘，但比雨帘轻盈，就这样萦来绕去，将整个山峦裹挟在梦幻里，人行其间，如入仙境，来不得半点惊呼与匆忙，唯有独坐山巅，安谧内心，方能悟化这美妙的境界，颐养身心。此刻起身下山，暮色就跟在你的身后，如一袭长袍，将村野、草木、青青瓦舍围拢起来，山下明灭闪烁的灯火，顺着炊烟缥缈的方向氤氲开来，给人温暖与恬静，牛羊归圈的唤声，正在将村庄的绵密点燃。

　　二月的山野是孕育生命成长的温床，每一缕清风，每一丝草色，都是山野的王者，它们将春天辽阔的爱灌注在无垠的山野，就像群山环抱的小河，以澄澈和甘冽滋润着大地，滋养着辽远的穹苍，与穹苍之上的云朵、鸟雀和游走的神灵，共同守护住山野明媚的春日，悠远而又恒久。

发表于2016年3月5日《固原日报》

春燕剪过三月

三月的春燕,有一双被时空磨砺了的剪刀,刚剪过江南水乡的妩媚,却又不远万里,翻山越水,剪出北国春日的斑斓。

高原三月,天空澄澈碧蓝,明净里透着高远与宁谧。风有着几分羞赧,浅浅的,徐徐掀动着时光吹旧了的草叶,远山正在褪去黛赭,一小截一小截地换上针芒般耀眼的浅绿或鹅黄,那么小心翼翼,那么孱孱弱弱,似谁家姑娘掩过门扉前的莞尔一笑,让你来不及正视,却已陷入了回味的渊薮。唧唧、唧唧、唧……是春燕么?声声入耳,动人心弦,急切里却找寻不到,哦,是归燕,就是这黑色的精灵,迅疾地从山野的高处俯冲而下,带着身体中的闪电,剪过春晨中的雾霭,剪过雾霭迷蒙中的村庄,剪过村庄上空弥漫的袅娜炊烟,和炊烟迷幻里仰望者的双眼。倏忽之间,它们已飞离村野,箭镞一般抵达低处的水洼。

春燕喜河谷、水洼地,它们会衔回泥巴,在屋檐下筑巢——筑爱的巢。在屋檐下筑巢的春燕,必是成双成对,恩爱有加。阳光温煦的午后,它们轮番出阵,你衔回带水的泥巴,我衔回干净的草叶，一嘴泥，一嘴草，你方出发，我已归来，就这样不出几日，一座温暖可人的巢穴就筑造好了。接下来的时日，除了觅食，更多的便是在恩恩爱爱里孵蛋，安静地待在巢穴中，阳光静好，屋檐静好。亟待雏燕出生，屋檐下便是热闹非凡。绒绒的雏燕伸长了脖颈，张大嫩黄的小喙，等待着父母的归来，等待着食物的归来，食物真正到来的时候，它们却是一阵啁啾，争抢着食物。这些时候，孩童们总是仰了脖颈，静心地张望着，似乎每一声叫唤，不是雏燕，而是发自他们渴盼已久的内心。当然，顽皮的时候，他们会相互支撑了肩膀，凑近前去侦探一番燕窝里的情状，大人们见了便是一顿恫吓，毕竟，春燕是人人喜乐的鸟雀哦。

等雏燕一天天长大，它们就不再安于温暖的巢穴，它们急切地希望走进温煦的阳光里，走向辽阔的山野，走进天空高处的明净里。于是，它们会在父母的带领下，一次次攀在巢沿上，一次次倒挂在庭院不远的柳枝上，停歇在屋脊上，直至学会飞翔，将自己独立于旷野，独立于再一次遥远的迁徙。

其实，春燕呢喃的村野，才是生命跃动的春天。我喜欢久居乡下的日子，喜欢阳光下伶俐的燕尾剪出流动的音符，喜欢一群燕子翔集着，从远山之外带过一片雨云，喜欢雨幕里，燕子斜擦着身子剪开一道雨帘，而后，归去在灯光氤氲的昏黄里。

时光清浅，燕去燕归。我们总会在归返的鸟影里长大，村野总会在日渐别离里远去，唯有留一份恋念于心中，方能温暖流年，慰藉余生，就像此刻，呢喃的春燕剪开三月的守候，晴也绚烂，雨也迷离。

发表于2017年3月14日《今日新泰》

高原的风

在高原,一场风的奔跑是旷日持久的,从春天的旷野出发,消融于冬雪隐遁的初春,但高原的风,每到之处却能给人历久弥新的欣慰与惊喜,或如纤指拂面之温馨,或如秋叶纷落之绚烂,或如夜雨敲窗之浪漫,总能让你在行走里感知一份抚慰,一份恋念。

春日伊始,徐缓游走的东风带着春阳的和煦,从山巅翻过来,穿过手臂高扬的杨树林,顺着细若游丝般的小路挤进村庄。累了的时候,它就安卧在草垛的某处罅隙里,与场院高墙上的枯草说着温润的话语,不紧不慢,似乎它们有着前世的姻缘,偏偏却在此刻见面。于是,过不了几日的耳鬓厮磨,围拢在村庄腹地的桃花满脸羞赧,杏花也按捺不住内心的寂寞,纷纷捧出尘封一季的粉白,而庭院里的梨花一夜之间笑白了头。

就这样,徐风彻彻底底地将馥郁的春天带回了村廓四野,不经意间,春草已然吻着脚踝,春花已然绚烂馨香,整个高原大地已走进烂漫热烈的夏季。夏夜的风,最是清爽。阔大的场院里,老人们三五聚坐在一起,举了烟锅,吧嗒吧嗒地抽着,月光升起来,如水般透过杨树繁茂的枝丫，流泻在大地上，银币般的光斑散落在草垛上，随着清风摇曳的节奏闪闪烁烁，似明丽的童话。孩童们纷乱地奔跑着，呼喊着，追逐着童真的梦幻，提了灯火的萤火虫，三三两两，将夜色缀饰成一幅流动的画幅。古旧的藤椅间，废旧的石磨边，妇女们说笑着，推搡着，似乎整个夏夜除了四处弥漫的童声，剩下的便是她们的领地。所有这一切，都是一场清凉游走着的风将人们聚拢在一起，将夏夜的热闹与宁谧聚拢在一起，将欢乐与风情聚拢在一起。

及至秋风到来，山野层林尽染，从低处的沟壑到高处的山峁梁卯，林木千姿百态，颜色红绿相间，不用水墨勾勒，胜似水墨渲染，你只要漫步其间，鸟鸣如洗，徐风未至，清凉已浸润心肺。闲来无事，将整个身心安卧在草木之上，面对高远澄澈的穹苍，感觉整个人都被高远抬升起来，飞鸟侧翻，云朵飘逸，浩渺的天域犹如一座辽阔的草场，牧放着时间静默的恬美与宁谧。秋深处，枯了的黄叶随风旋舞着，落日的夕辉斜倚在广袤大地上，醉了草木，醉了村庄，唯有俯首食草的牛羊，才能独享这份静美与安逸。秋风过处，河流高处的领地上，芦苇丛集体摇曳着身姿，说着不为人知的情话，藏匿其间的虫鸣，将这场绵密的爱渲染得更远，更真切。

冬夜的风，最好是在夜间，若是跟随一场纷扬的大雪而来，将是高原的福祉。次日黎明，推窗而望，整个山野被茫茫白雪覆盖，冬的荒芜与褴褛早已隐去，唯有明丽照耀着万物，孕育着又一个生命勃发的春天。

于是，身处高原的人们，尤其是在乡下村野，接受一场旷日持久的风的洗礼,是一种幸福,是一种生命高洁的修行,只要你将身心交付出来,皈依内心的必是丰腴的回馈。

高原的风,高原说出的无尽的爱恋!

发表于2016年9月4日《固原日报》

最是梨花飘香时

久居小城,若不是窗外的小果园里伸出三两株绽放的梨花,冲破了春日笼罩的浓浓晨霭,真是很难想到春天已进入三月深处。此刻,阳光浓郁,故乡阔大的场院边那棵经年的梨树一定是花香馥郁了吧。

于是,趁周末天气晴好,便拖儿挈女,带了父母,回乡下老家看梨花。

常言道:情到深处无怨尤。的确如是,对于梨花,我的内心深处隐藏着一段不为人知的秘密。那是1980年的初夏,母亲白天参加生产队里繁重的田间劳动,月上梢头回家,突感肚子疼痛难忍,深夜十时许,我艰难地来到了人世,家里生活相当困难,仅靠稀薄的面汤维持生命。可就是那个特殊的夜晚,母亲由于生产失血失水严重,一边艰难地为我喂奶水,一边口渴难忍,告知忙乱中的父亲,很想吃一口冰凉的鸭梨。可是,即使不在深夜,即便是大白天,生活本就十分拮据的父亲到哪里买到一颗梨呢?为此,吃上一口甜水丰沛的鸭梨成了母亲在那个饥馑年月,或者说那个特殊时期里最大最真的愿望。

　　后来，父亲在庭院背后的空地上移栽了一棵梨树。每年三四月间，春风和煦地拂过庭院，拂过梨树粗砺的枝干，不几日，梨花就纳新吐蕊，一夜间换了容颜，将粉白的骨朵，连带了蕊里的芳香，播撒在庭院的每一处罅隙。这个时候，母亲总是搬了小凳，坐在阳光葳蕤的梨树下，和邻居的姨娘们谈天说地，聊一些久远的尘事。初夏的夜晚，吃过晚饭，月光静好，浓郁的光线洒满庭院，透着淡淡的凉意，一家人围坐梨树周围，免不了谈起那个饥馑年月的故事，让一家人好生感伤，随即又破涕为笑，因为生活已经发生了翻天覆地的变化，吃甜水四溢的香梨，已不再是母亲的梦想，即便是在寒冷的冬夜，我依然能够为母亲奉上一颗硕大的鸭梨，弥补那个伤感的心结。

　　一个多小时的行程，倏忽就到家了。女儿兴奋地指着老了的庭院，喊着，叫着，枝头上的麻雀们聒噪着，应和着，妻子扶了年迈的母亲，顺势坐在门口的台阶上，一阵风吹过，满树的梨花散发着静谧的幽香，沁人心脾，带着淡淡的凉意。老了的墙院，虽现出几分沧桑，但依然硬朗，父亲指着伸过墙院的几株繁盛的梨花，欲言又止——我知道，梨花之于我们，已不是单纯的风景，而是一个时代烙在心头的印记。

　　年年花开，夜夜故乡，但最深最真的情意，最是梨花飘香时。

发表于2013年4月21日《泰州晚报》

三月葱茏

拂过迢迢千里江南的春风，此刻漫步在西北辽阔无垠的原野，似母亲绵密温柔的双手，抚慰着高远穹苍护佑下众生温热的魂灵，只要你信步村野，你的心胸就一定蓄满葱茏与馨香。

看，雾霭氤氲的远山，正在起起伏伏里绵延，像一段往事的末尾，像一个人记忆中的童年，遥看无边草色，在淡墨的画幅里洇出淡淡的绿，像墨画的边沿，润泽出几分宁谧，几分希望。这时候，你定会抛却内心的杂念，顺着通往远山的那条小径，默然前行，毕竟，在春日三月，每一步出行都是充满期冀与热望，何况，远山萌动的绿意正在默默然向你春波荡漾呢。

下了庭院的台阶，穿过村巷，步入阡陌纵横的田野里，广袤的旷野除了给你一望无垠的辽阔外，那些被冬雪的棉被覆盖过的痕迹，正是炭笔勾勒的水墨边缘，印着冬日的模样。如若你饱读诗书，你一定会寻着水墨的画印，从一个季节走入另一个季节的轮回，在反复的出走里，找到诗画同源的真谛。

其实此刻，你完全可以俯下身子，缓缓地让鼻息贴近脚下的大地，你会在临近土质的瞬间，发现草茎——哦，不，这插在春天大地上的标签，已经走出冬日的印记，悄然挺直了粉嫩的身躯，向着大把大把阳光润泽的方向，肆意挥洒着内心尘封的秘密。或许，钻入你耳鼓的，就是它们冷不防地说出的大地隐秘多年的密语。

在旷野密语的导引里，一路品咂，一路缓行，远山收藏的惊喜，就像密密匝匝的草茎，散发着针芒般明媚的光芒，亮了你的双眼，亮了你春色明媚的心。听到鸟儿的鸣叫了么？它们就暗藏在林间，暗藏在一枝枝春色流泻的枝丫背后，相互凝视着，守候着，谁也不想落后于谁，只要有哪只不小心开口说话，它们就集体歌唱，就连那些鸣翠的词句，也散发着春的气息，春的润泽的色彩。脚步轻些，再轻些，轻轻靠近林间的任何一棵树木，不管是杨树，柳树，还是身姿颀长的洋槐，抬首仰望，鸟雀们就停留在高处的枝丫上，它们是那样的随意，随意到不需任何修饰，就能将倩影顺着树干流泻下来，照在你的眼眸里。好像整个山野，整个山林，都是你亲手喂养起来的，离不开半步，走不出半里，就连方圆山川，似乎都滴落过你的汗水，存留过劳作与休憩的身影。或许，在生命成长的历程里，山野最懂你的心，最怜你的情，是它的辽阔与胸怀，包容了你，收纳了你，之后，又让你走出山野，成为山野在远方的怀念与挂牵，骄傲与明媚。

走进远山的世界，最期待的当是一场不徐不疾的雨。其实，徐也缠绵，疾也快意，只要心怀山野，还会在意雨势的急缓么？任它飘落，任它挥洒，落进眉宇间，落进衣袖里，湿了发际，湿了眼眸，一切都是那样率性，那样自然，在大自然的怀抱里，谁不是爱的骄子，谁不领受爱的润泽与抚慰？就这样，随性敞开心扉，让一场细雨涤荡内心，涤荡魂灵，让三月的葱茏与馨香，绿了今春，香了余生。

发表于2016年3月30日《甘肃地税》

聆听春天

春天的脚步是细碎的，悄无声息地从冬的怀抱中挣脱出来，顿时，绿了眼眸，馥郁了心扉。

听，春天的脚步是小河的叮咚。漫步郊野，越过丰茂的枯草滩，偶有牛铃般的脆响随着微风从远处传送过来，像母亲的耳语，像时光的碎响，轻忽缥缈而又扣人心弦，经过一阵的仔细辨听，待辨清方位之后，便疾步穿行，循声而去。哦，是远山脚下解冻了的小河，清澈的河水裹挟着碎裂的薄冰，沿着远去的方向潺潺而行，冰碴孱弱的躯体在曲折处不断碎裂，不断分解，发出嘎吱的脆响，复又随着水流而去。毕竟，在春天的时光里，没有哪一块坚冰能够坚守初衷，坚守不被消融的命运。就这样，俯身在小河身边，听时光歌吟，听水声嘹亮。

困倦的时候，干脆席地而坐，仰望长空。长途跋涉的雁阵，不知名的飞鸟，或集体迁徙，或孤身翱翔，寂寞处，就在浩渺苍穹放声鸣叫，这里是自由的天宇，是飞翔的领空，没有谁为春天的到来而心怀不安。那些滴落在地的雁鸣，或许是北归的缘由，少却了南下的愁怨，平添了几分柔情，湿漉漉的，有着春雨的丝丝绵润，有着暖风的几许和煦，落在仰望的目光中，融融的，暖暖的。

这时候的阳光也有了几分烈性，照在还未脱去冬衣的草叶上，喳喳生响。不经意间，拨开茂密的草叶，在干枯了的根茎边，鹅黄的嫩芽已经钻出地面，伸展在空中的部分，略显绿色，草芽尖尖，似乎经过一个冬天的孕育，攒足了劲儿，在春天的大地发动一场暴动，绿染春野，馥郁人间——生命的轮回就是这样坚不可摧，势不可挡……

漫无涯际地遐思时，突觉脸颊上湿湿的，举首而望，原来是落雨了——贵如油的雨哦，在一朵云的驮负下，翻过远山，向着枯草滩飘游而来，我不禁撒开胸怀，接纳这来自遥远天国的问候，这圣洁的祝福。或者，干脆躺卧在这浩渺旷野的一角，聆听一场春雨，在迷离中，说出春天的秘密。

发表于2014年3月12日《银川晚报》

初醒的大地

冬日的大地是一页眠床，被酥软的雪花覆盖着，享受一季的宁谧与安逸，一声惊雷过后，棉被倏忽之间已消融隐遁，唯有这辽阔的眠床在阳光的抚慰中苏醒过来，哗啦啦解除了地脉的束缚与蛊惑，于某个春日的暮晚脱胎换骨而来，悄悄然立于旷野之上。

先于大地醒过来的必是杨树高处的鸟雀，它们经不起春日的呼唤，翻飞着，追逐着，每一次飞翔与停顿之间，不是从场院到屋顶，就是从远山到河谷，每一次出发与抵达，都是对身体的一次历练与超越，即便闲暇下来的时候，尖喙也绝不消停，或梳理新生的羽毛，或衔了枯枝荡秋千，嬉戏之间，将春日的灵光播撒在大地和大地之上广袤的空域里。此刻，如若你推门而出，静默于一棵高大的槐树前，滴落你身旁的除了枯朽的旧枝外，还有童声一般清灵的鸣叫，它们会像露珠一般惹出你眼窝里的热望与惊喜，似灵动飘逸的音符，亦如一个人灵魂深处的歌吟，引人遐思，引人默诵，即便你不是诗人，亦会面对一棵树默然说出隐忍内心经久的赞美与热爱。毕竟春日总会唤醒大地之上的每一根神经和神经牵引着的脉络与纹理，包括你我心灵深处欣欣然的那根经线。

醒来的鸟雀就是大地上游走的神灵，它们的脚步所至，草叶萌动；翅膀所至，天空晴明。信步阡陌之间，附身聆听，草根哔哔啵啵，像潜藏的溢美之词被谁动辄说破，流散在风中。至于漫山遍野的桃树和杏树，它们总是心有灵犀，默然之间交换着眼神，交换着绿，让你在不易觉察间，换了着装，换了容颜，就像时间，淡淡然走进你的中年与丰腴成熟里。因此，行走在春日大地，你永远无需惊呼，无需迷茫，每一声惊呼里，都暗藏了蜕变与成长，每一段迷茫里，都蕴含了无以名状的热爱与欣喜。就这样，跟随春天的脚步缓步而行，走进生命的葳蕤与芬芳里，如一茎叶，如一枚花。

当然，醒来的大地亦会承载醒来的农具，和农具在田畴之上或徐或疾地行走。看，牛羊染了晨曦的辉光，正在攀上蛇形的小道，鸣响的铃铛，正在摇曳初醒的犁耙，它们要以一次庄严的出行，换去大地的褴褛，好让随之而来的春色漫过大地之上的每一处罅隙。远处的溪流，潺湲叮咚，水花迸溅，溪畔的柳枝，虽未绿意葱茏，闪闪烁烁里，却也摇曳出几分迷离，几分妖娆。在这样的画幅里，那个躬身取水的红衣女人，舀起的除了银质的光阴，不还有水样的华年和期冀么？

春深未至，却已醉了春野，醉了村廓。

发表于2016年2月20日《甘肃地税》

春草渐欲迷人眼

"乱花渐欲迷人眼,浅草才能没马蹄。"这是唐代诗人白居易生动描绘西湖早春明媚风光的诗句,是一曲唱给春日良辰的赞歌,读来令人心神荡漾,尤其是诗人对早春美妙景色的独到观察与把握,以及由此而生发出的对春天美景的热爱与赞赏之情,更令人艳羡与向往。

时值春日闲暇,不妨带上妻儿,走进广袤的原野,探寻"乱花渐欲迷人眼"的大自然辽阔而又神秘的密语。

车是不必开的,步行最好。穿过街巷,千米之外,便是无垠的麦田和浓荫掩映的村舍。漫步林荫小道,高大的杨树、古槐并肩而立,相处在高处的枝叶袅娜交错,浓郁的阳光穿梭在稠密的枝叶间,将斑驳的光点投射在小径上,似散落在大地上的碎银,又似孩童扑朔迷离的眼眸。的确,孩子是耐不住性子的,急急地奔走在树丛之间,摸摸这棵,抱抱那棵,每一棵树似乎都是他们久未谋面的亲人,或者别离多日的挚友。而那些翻飞的鸟雀,更是热闹非凡。循声望去,一个个,一群群,从一棵树到另一棵树,从一棵树到远处的电线杆，从电线杆到地面，相互追逐，不知疲倦，偶尔停顿下来，弯头啄白皙的羽毛，抑或呼朋引伴地啼鸣，整个林间，就是它们快乐的天堂。

　　穿插在林间的那些村舍小屋，在鸟鸣翻飞里显出独有的安谧与宁静。炊烟步态悠扬，在天空辽远的疆域，和高处的白云遥相呼应，清风拂过，它们就绕着低矮的屋檐，袅娜徘徊，散发着干净的草木香味。其实，它们本质上就是草叶，只是通过炉膛，从大地回到了天堂，完成了生命的又一次升华，人生不也是这样么？从聒噪的都市走出，进入草长莺飞的旷野，不也是回到了生命最初的古朴么？不就是找回了人生最初的本真么？

　　这样想着的时候，妻子突然在不远处惊呼发现了田鼠，我快步跟上去，只见一只低矮肥胖的田鼠，衔了一枚干枯的草茎，躲躲闪闪地奔走在树根的间隙里，突然，一个摆尾，闪进了树洞里……而孩子们，此刻正在远处的小丘下，玩捉迷藏的游戏，笑声穿梭在山峦与旷野之间，童真无邪，或许，这里才是他们真正的居所，和生命中应该经历的最为重要的历程。

　　阳光静好，此刻，将整个身体交给绿草弥漫的大地，将目光交给高远的天穹，将内心尘封经年的迷茫交付给远去的云朵，只留下内心充盈的安谧，独享生命中独有的这一份惬意。我多想一直躺到午后，临近黄昏，再有一场濛濛细雨，散漫地飘落在林间，飘落在草叶葳蕤的花蕊里，飘落在你我甜蜜而又幸福的眉宇上……

发表于2016年3月25日《未来导报》

雨落山野

雨一旦染上秋色，便是窸窸窣窣的缠绵，少却了春雨之润物无声的绵柔，也没了夏雨灌溉之滂沱，或晨昏，或午后，丝丝缕缕氤氲在辽阔迷茫的山野，长则三五天，短则三五时，不张扬也不忧郁，缥缥缈缈里浸润着山野屋舍，令人心生无限怜爱。

秋雨最耐独赏。晨晓，拂门而出，立于檐下，雨丝萦萦绕绕地飘着，檐角的蛛网上结了明明亮亮的一层雾珠，薄如蝉翼却又星罗棋布，没有风，雨丝一缕一缕地叠加着，生怕哪一缕落得重了点，将蛛网穿透而落，令人提防的心猛然颤抖，等了好久，却不见一颗雨珠能有这样的力量，或许，这就是生物与大自然的秘密，或许，这就是秋雨缠绵的见证。这时候，最好出得门来，沿着山间小路，沿着雄鸡湿漉漉的啼鸣声蜿蜒而上，去往山野。但脚步一定得轻巧而又灵活，枯而不朽的草茎上正结出了珠露，颤颤歪歪的，悬挂着，安卧着，像一颗颗剔透的灯盏，照亮着草茎孱弱的脉管，一不小心就会踢溅开来，吻在脚踝上，库管上，洇湿成片片潮润。深秋的草叶已染上了淡淡的黛赭，唯有隐藏在茎叶间的野菊花，却有着揪心的蓝，或者几欲滴落的浑黄，它们再次将大地点燃，点燃成辽阔的宁谧，让人在成熟之后依旧对这山野心生期冀，说不定哪一朵蓝色火焰的下面，正暗含着浓郁的春色，突然之间，将大地反叛，将秋色反叛。

这样想着的时候，便攀过了山腰，曙色也将雾霭剥开了一层又一层，缓缓地顺着山势流向了低处的屋舍村落，与牛羊唤草的哞咩声浸润在一起，沿着墙院，沿着槐树高大粗壮的枝丫流泻下来，整个院落便是迷濛一片，只有房舍上的琉璃瓦片，淡出闪闪烁烁的亮色，于迷幻中显出几分真实，几分亮丽。

其实，秋雨最摄人魂魄的便是雨雾弥漫下的层林尽染。随着深秋的脚步渐近，秋草山林也渐变出内心的迷幻。看，山野高处的松柏，低处的杏林杨柳，以及沟壑深处颀长的洋槐，或青绿，或金黄，或殷红，似乎每一棵树都将生命中最为宝贵的华丽奉献出来。而此刻，恰逢一场连绵的秋雨，雨依旧缥缥缈缈，若隐若现，湿了的落叶，旋舞着，纷扬着，林地上累积了厚厚的一层，脚步轻轻地移上去，又深深地陷下去，似乎整个大地正在被松软包围，被流动着的图画包围，被静谧包围。

雨落山野，人在其中，便是移动着的画笔，而山野于人，却是流泻的墨彩，乡村秋野的景致，不正是生命之秋的灵动与美妙么？人生之秋，不也应有山野之秋的妙华与绚烂么？

发表于2016年8月23日《廉江新闻》

村庄里的树

生长在村庄里的树,就是村庄的经脉,一年四季,为高处的天空养育着绿色,为大地荫蔽着阳光,腾挪出一片又一片的阴凉,喂养着孩子们童年的梦想。我童年的梦也是在鸟鸣与密林织就的村庄里渐渐长大的,至今散发着树木的馨香与温纯。

杨树高大挺秀,齐刷刷站在村庄紧邻田地的边缘,修颀的枝干手臂一般伸入云天,将哔哔啵啵的阳光分解成斑斑驳驳的金币,搅碎了,撒在村庄的角角落落,也撒在一畦畦菜地里,惹得霓裳斑斓的瓢虫沿着菜叶的操场一路奔忙。那时候,母亲就躬身在田里,用铲子和土地交谈,说一些不紧不慢的话。油菜花成片成片地开,成吨成吨的馨香,沿着大地蔓延,散播到远山之外。而我,就像很多同龄的孩童一样,双手繁忙地在泥土上建造着童年的小屋、城堡和一些无法说清的梦想。槐树在村庄必不可少,它们是村庄的卫兵,沟壑梁峁都被它们占领着,枝叶浓密、繁茂,不惜一切力量地向着高处生长,似乎在它们的世界里,只有向上才是最真的梦想,每一场雨,都能缩短它们与天堂的距离,我真不敢相信,若干年之后,它们会不会用自己的手臂在离天堂最近的地方写下护佑村庄的誓言，并把它们变成现实？我这样想着的时候，它们就努力地拔高自己，高出沟壑，高出地面，高出天空，不知不觉中，成为我的仰望。也就是这样，我把年龄走向了中年，而今每每忆起，槐花依旧芬芳在梦中，甜蜜而又悠长，像一场风，颤颤悠悠地带走了我芬芳的童年。

如若是在冬季，赶上一场纷纷扬扬的雪之盛宴，村庄则尽显妩媚与迷人。独立远山，整个村庄沉浸在雪花的晶莹里，平日里的青青瓦舍，此刻覆上了一层厚厚的积雪，瓦楞上干枯了的草茎慢悠悠地摇曳着，不甘寂寞；树们则以不同的身姿彰显着各自的风情，杨树突兀的枝干在天空竖起旗帜，槐树未尽的枝叶托付着毛茸茸的雪球，柳树婆婆娑娑，轻扬着银条；几只耐不住性子的喜鹊，倏地斜插过村庄，雪球银条洋洋洒洒在空中，舞出美妙的幻境。这时候，顽皮的孩童们就呼朋唤友，顺便将整个沉寂的村庄唤醒在一片非凡的热闹里……

后来，我就带着在村庄里养大的梦想开始在小城生活，城里也有树，但它们要么生长在逼仄的水泥空间里，要么葳蕤在公园里，但无论如何，经过人工造型的树，总是少却了原生的野味与动人的气息，它们身上没有了鸟雀的味道，没有了散漫无忌向天空索取的味道，更没有了"根，紧握在地下，叶，相触在云里"的亲密与无间，唯有扑朔迷离的霓虹，将它们孱弱的身影拉长在灯影里，拉长在我一夜又一夜的念想里。故乡的树，今夜的风雨里，又是谁在护佑你孱弱孤寂的梦？

发表于2015年1月24日《固原日报》

打碗碗花开

任何事物一旦贴上故乡的标签，它必将成为你灵魂的一部分，像一首歌，属于音符和律动。于我而言，打碗碗花便是有着故乡标签的事物之一，魂牵梦萦，滋润魂灵。

打碗碗花朴素，顽强，不择地域，粉白如云，红粉如霞，枝枝蔓蔓，花中有叶，叶中带花，水乳交融，匍匐而行。盛夏时节，田间地头，蓊蓊郁郁，大把大把的阳光洒落在枝蔓上，花叶间，流泻而下，而在枝蔓花叶的下面，则隐藏着金币般大小的阴翳，阴翳之中，则暗藏了三五只蚂蚁，或者并不安分的七星瓢虫。它们或爬行而上，品咂阳光的蜜汁，或结伴而行，顺藤摸瓜，顶了一头的花粉扬长而去，这些时候，顽皮的孩童们总会悄悄地在枝蔓的远处轻轻抖动一下，虫儿们便瞬息从高处的枝蔓上掉落在地，抑或几只脚吊在花叶间，前俯后仰地荡着秋千，而孩子们早已相互追逐着，呼喊着，一溜烟消失在玉米林深处，唯有爽朗的笑声，弥留在村野间。

若是在初秋的清晨，信步阡陌，你必将与一簇簇打碗碗花相遇。它羞涩，安静，像一个人童稚的内心，抿嘴而笑。含在唇齿之间的，是一颗颗晶莹透亮的珠露，不忍羞赧，安卧其间。这时候，你最好俯身，屏息，凑近鼻息，淡淡的清香就顺着你鼻息的方向浸入肺腑，而后轻轻地呼出，顷刻之间，顿觉肺腑留香，浑身轻盈，因为，那一颗颗珠露里还隐藏着昨夜的辰星和浩渺广袤的蔚蓝。这时候，你再举步而行，一簇簇花朵吻着你的脚踝，安卧花朵间的珠露，洗亮明亮的眼眸，向你毫不掩饰地张望，你还会摇曳手臂，与一束花，一簇花，一片花海道出别离的话语么？

就这样，打碗碗花开，从蜿蜒山道开进你我痴醉的迷恋里。

城市也有花园，但不是房前屋后，山拥水抱。

城市也有花香，但不是四野弥漫，浸淫肺腑。

尤其是，城市的丛花开不出山野的味道。打碗碗花开，开出的是雨后泥土的清香，打碗碗花开，开出的是沉寂一夜之后的锋芒，打碗碗花开，开出的是一个人的情怀。

于是，我总在生命流转的罅隙里不断地穿越城市的角角落落，寻找打碗碗花，寻找打碗碗花葳蕤馥郁的根系。但我找寻到的，只是酷似它花形的牵牛花，或许牵牛花有着城市生存的血统，可以开出打碗碗花的喇叭状，而打碗碗花，永生开不出城市的印记。

再后来，打碗碗花就开在我的梦里，粉白如云，粉红如霞，像一枚枚启齿而言的词语，含笑芬芳……

发表于2016年8月29日《陇东报》

五月槐花香

桃花谢了春红,五月,槐花如期登场,粉白如雪,阡陌巷口、山峁梁疴,只见一树一树的槐花竞相播撒着馥郁花香,甜蜜而又幽长,似乎整个村庄乃至辽远的旷野都浸润在芬芳花香里,村廓四野成了天然氧吧。步行其间,凑近鼻息呼吸,整个肺腑充盈着绵密芳香,顿觉周身轻松起来。除此而外,槐花还可以摘下来吃,其实,在饥馑年月里能有一串串粉嫩芳香的槐花偷偷嚼食,那是生活最为甜蜜的时刻。

我的童年虽已不为果腹而发愁,但摘食槐花依然是每年的期待与最爱。初夏时分,下过几场细雨,田间地头,村庄巷口的槐树就像听令似地齐刷刷开始抽穗,修长的穗子孕育着粉嫩的芽孢,在阳光浓郁的照耀下,散发着躲躲闪闪的金光,若有风起,就摇曳成一树树明晃晃的明丽,将斑斑驳驳的碎影投射下来,银币般散落一地。不过数日,粉嫩的芽孢就褪去了外衣的包裹,露出粉白的骨朵,甜蜜的香气也从中偷偷跑出来,弥漫在村野四周,虽比不了桂子十里飘香,却也横贯村头巷尾,嗅一鼻子就令人馋涎欲滴。这时候,顽皮的孩童三五个凑了去,呼喊的,爬树的,边捋了骨朵嚼食边向下丢的,整个槐树在摇晃中愈发清香诱人。有些时候,除了自个饱食外,还用衣襟带了槐花回去,叫嚷着让母亲和了白面,烙成槐花饼。

  这时候,村庄的角角落落,就会有养蜂人安营扎寨,整齐的蜂箱密密匝匝地聚拢在一起,繁忙的蜂群围了一树树槐花,忙不迭地采集花粉,归来的蜂群,两脚携了金黄的花粉,鱼贯似地进出于蜂箱,那场景,令人心生感动。养蜂人搬了小凳,与村民围坐在一起,谈说着养蜂的辛劳与甜蜜,说笑间,风起花落,谢了的槐花旋舞着飘落下来,落在蜂箱上,落在脖颈里,带着暖暖的香,直入肺腑。就这样,惬意的时光悄然流走着,但谁也不觉得虚度时日,毕竟,收获的除了花香,还有酿造甜蜜生活的快乐。

  时光荏苒,故乡的槐花开过一茬又一茬,鸣叫其间的鸟雀来了又去,去了又来,而我,就像其中的一只鸟雀,随着环境的变迁,从此告别了村庄掩映深处的槐花林。好在居住的小区旁边有一片空地,主人疏于管理,成了花草树木成长的乐园,杨树、柳树、椿树,当然不乏几棵身姿修颀的槐树。每到五月,槐花如期绽放,旁逸斜出的一枝正好伸到我窗外的阳台边,每每空闲,便推开窗户,伸长脖颈,努力地去接近那一枝独秀的槐花,其实不用费力接近,槐花的馨香自会随风进入房间,将绵密的芬芳充盈在整个空间里,嗅花香,品茗茶,加之高树间飞鸟啁啾,整个身心沉浸其间,多么惬意舒适。只是每每此时,令人不免念起故乡槐树林立的村庄来,年迈的父母则倚窗凭栏,向着故乡的方向久久眺望,我知道,他们的内心有着更多的牵念与留恋，只是不便说出而已。

此刻，望着窗外摇曳多姿的槐树，故乡还安好么？孑然独立的老屋还安好么？今夜，愿这一缕入室的馨香，能够带着我的梦飘摇回乡，带给故乡我魂牵梦萦的念想与依恋。

发表于2016年6月14日《今日兴义》

故乡的绿

故乡本身就是一个令人魂牵梦萦的词语，而一旦被绿色浸染，必将散发出馥郁的馨香。那绿的风，跑过山野，挤进村庄，扶着树干，翻过山墙，冷不防就拂过你的面颊，让你顿生温暖与感激。那绿的婆婆娑娑的树影，沿着蜿蜒的山道，合围起来，就是密不透风的绿墙，每一树的绿色，相望久了，你就一定觉得它在流动，顺着粗壮的枝干，落在地面上，重重叠叠的，大地就成了墨绿浓重的画布，流动着的绿就成了游走的画笔。当然，还有绿的水，一洼一洼的，沉静在沟壑的低处，像大地上明灭闪烁的时光的眼睛，跟奔跑着的脚步捉着迷藏，你越是追寻，它越是暗藏，你若无意向前，它则闪耀着晶莹的明亮，追逐着你的眼睛，让你的心中漾起一道道涟漪。其实，水是有着灵性的，它最懂得天空与大地，广袤与深邃，最懂得故乡与人生，牵念与皈依。

事实上，单就一条废旧的山道而言，对于一个久违故乡的人来说，它也是绿色的。蓄势了一个季节的草，在春天的夜里醒来，拱出地面，大口大口地呼吸着清新的空气，而后，在黎明的时候心怀露珠，狠劲地生长，夏天的午后，它就能带着你和那一段古旧了的岁月相遇。绿意缠绵的草，顺着脚步挪移的方向，在你的脚踝献上期冀的热吻，让你周身荡漾着痒痒的暖，和对曾经岁月的追忆。看，山道的尽头，那个席地而坐、托腮望远的人，他的目光深处一定和一段故去的岁月重逢，岁月会告诉他曾经的青涩年华，告诉他远离故乡的念想，告诉他那个雨后山道上攀爬的身影，和鸡鸣一同送你走出村野的泪眼婆娑。而现在，它为你送上满眼绿色，送上绿意充盈的炊烟，送上萦绕盘旋的祝福与热爱。

因此，每一个远离故园而又重返故土的人，心中一定满溢着绿色，每一步都饱蘸着绿色的汁液，每一个脚步都会在大地上烙印出绿的爱恋。村口高大丰茂的槐树上，众鸟啁啾，每一声，都是一个绿色的音符，每一曲，都是绿的歌吟，春日的晨昏，它给你明媚，夏日的初夜，它给你清凉。就连隐身在柳梢后面的那枚月牙儿，在缓慢地挪移里，也能唱出迷恋的序曲，直直地，走进你的梦乡。

于是，我愈来愈爱上返乡，愈来愈能理解父母返乡的理由，那是脉管里奔突着故土绿色的血液啊，绿色的血液，又不断洇染着我们生命的底色，让人在经久的念想里向往皈依，向往人生最后的那一方绿意充盈的热土，也只有那一方热土，才能烘焙出故园人生最后的纯色。

明天，你我是否会一身轻盈，重返故园呢？

发表于2016年7月18日《曹妃甸》

村庄的标点

　　鸟儿是天空的标点，标注在村庄辽阔的大地之上，在四季轮回里，构筑起村庄灿烂迷人的诗篇。

　　春天，燕子是最先从南方飞回来的标点，它们长途跋涉，日夜兼程，带着方言，途经茫茫山水，将江南水乡的氤氲春色带回我的村庄。之后，就在各家各户向阳的屋檐上筑巢做窝，水是泉水，泥是破土的新泥，草叶是去冬留在大地上干净的草茎，一口水，一嘴泥，一抔干燥馨香的柴草，不经数日，就建好一个个飘逸着泥土芳香的家，一家两口舒舒服服地开始过日子。等有了小雏儿，它们的生活就更加忙碌了，白天，一个守护小生命，一个外出觅食，高山上，溪流边，场院里，处处是它们猎取食物的好去处，飞蛾，小虫，都将成为小生命逐渐壮实的食粮。就这样，小生命从争抢食物开始，到牙牙学语，再到跟随父母练习飞翔，寻找食物，一天天成为天空诗篇里的小标点，灵动而又自由地飞翔，将村庄的春天装点得更为绚烂。

　　除却了这些春秋迁徙的标点，在村庄的诗行里，麻雀则是一始而终，标注在平平仄仄的韵句里。在我的记忆里，麻雀是起得最早的鸟雀，似乎在它们的世界里，永远不知道疲倦的含义。晨光熹微，它们就从密林的枝叶间摇醒睡眼蒙眬的梦，抖动着翅膀，在枝间练习跳跃，从一根树枝到另一根树枝，将轻盈的身姿洒落下来，借着穿过枝梢罅隙迷离的光线，将大地绘制成斑斑驳驳的图画。及待阳光浓郁，它们就成群撤离密林，来到人家瓦舍上，翻飞，追逐，猛地俯冲到场院里，或者绕着袅娜的晨烟嬉闹，之后，呼朋引伴，向着高山上的田地云集，寻觅果腹的食物。

还有令人喜爱的形体如破折号的喜鹊，可惜，这些年随着气候变化，它们毅然决然地斩断了与乡村扭结在一起的无数个日夜的脐带，飞离了村庄，去到更为遥远的他乡开辟生活的乐园，留给村庄的，是那些高挂在杨树高枝上的鸟窝，像一颗颗眼眸，风雨里，护佑着村庄的晨昏。我曾不止一次地站在杨树阔大的基部仰望着它们空荡荡的家，像即将离家出走的孩子向着柴门作最后的低语，期许有朝一日，它们还能带着喜庆回来，在村口歪了脖颈的槐树上吹响唢呐，吹醒我们一生都不愿离弃的好梦。

至今，喜鹊们还是没有回来，但我的等待不会停止。空闲的时候，我就到高山上久坐，看鹰的标点在天空中打坐，诵经，让率性而为的风，掀开它们身体里暗藏的经页，一遍遍，展示在无边的湛蓝里。我也就这样坐着，什么都不去想，什么都不去做，在无边的静默里，等待着翻过南山的一场微醺的雨，将我，连同远山弥漫而来的暮色一起灌醉。

发表于2015年3月3日《固原日报》

染秋

夏天是一块绿意葱茏的画布,一旦着染上秋的色彩,便成了一幅斑斓动人的图画。因此,爱秋的人必是胸怀诗情画意的人,爱秋的眼睛必是一双双绚烂濯洗过的眼睛,而那秋天的画图,必是广阔无垠的迷幻与旖旎。

乡村秋天的图画,虽算不得精美绝伦,却也值得人永生追逐与游走。其实,夏末与秋初的界限并不是泾渭分明,而是浑然天成,就像一幅图画中色彩的渐变,并不是戛然而止,而是在淡而无痕的过渡中完成了彼此的交融与分离。

随着时日渐深,秋的色彩逐渐浓郁,霜降未至,一阵一阵奔跑的秋风就已将辽阔四野的草木与稼穑染上金子般的颜色。如若信步玉米林,随手触碰一枚叶子,那干爽的玉米叶就像一页页被时间风干的薄纸,如蝉翼般在风中作响,那颤抖着的金黄,令人心生怜爱与欣喜,摩挲着,思虑着,就像思虑人的一生一样,让人在长久的念想与忆昔中,对生命产生万千感慨与顾恋。及至第一场风霜过后,满山遍野就像被水墨浸染,从山巅到沟壑,一片迷离景象。

高处的杏林旁旋舞着金色的叶片，翩然落在大地温暖的手掌上，做着幻化前的梦。面对这即将孵化而出的美梦，谁还会将急促的脚步落在其间？那不仅是碎了梦，更是碎了秋之境界，因此，每当我将已然抬起的脚悬在半空时，我不想将俗世的跫音强行带入一枚落叶的酣睡里，那将是多么的残酷与悲凉。于是，一个人双手扶地，缓缓席地，即便是这样，也是对落叶的侵扰与纷闹，不过，能与遍地落叶共枕，聆听一场微雨前鸟儿的集体奏鸣，也是人生中不可多得的梦境。看，它们带了满心的期许与热爱，翅羽翻飞，歌声嘹亮，在彼此的音符中穿越与俯冲，恣意而昂扬，或许，这就是秋天养育的精灵，在秋天的深处，守护秋的静美与安谧。放眼沟壑深处，便是槐树葱茏，强劲一如盛夏，将翠绿的臂膊伸展到沟壑的高处，向着高远的穹苍诉说着不尽的偈语。在葱绿与金黄之间，便是青房瓦舍，在成片的青灰之中，点缀着辰星般的红色琉璃，将整个秋天洇染出迷离的色彩，让人无法离舍。

　　这时候，如果飘过天边的那片雨云安静地守候在村庄上空，没有急促奔走的风，一场温润的雨丝就将整个山野与村庄绵延在一起，湿漉漉的夜色抚慰着潮润的灯光，明丽的灯火映照着迷蒙的夜色，那境界，不是画幅，胜似画幅。

发表于2015年9月28日《人民日报》

漫步秋野

深秋时分,天高云淡,漫步秋野,确是人生的别样风情。

午后的阳光,依着山林酡红的枝叶罅隙洒下来,大把大把的,泛着金光,累积在大地上的黄叶便成了唾手可得的金币,漫步其间,脚步须是小心翼翼的,经了秋霜的叶子踩上去飒飒地响,每一声脆响,都似乎是将身体里的成熟向世人诉说一遍。风是轻柔的,少却了夏的喧嚣与冬的凛冽,似纯情的少女,和着斑驳的树影,多了几分静谧与安逸。这种时候,如若一个人漫步林间,思想是最自由的,什么都可以去想,什么也可以不想,丛草间的一声虫鸣可以说出一段尘封多年的旧事,鸟雀不经意间的一次振翅,可以唤醒久违了的热望。你可以背依一棵树仰望高远的苍宇,也可以双手合十,面对一树皲裂了的时光碎影静默不语,无论如何,在秋野的山林,你就是自己的王国。

累了的时候,高山上的草地就是安卧在大地上的眠床。轻轻地,将身体安放在丛草之间,放眼望去,远山的层林自下而上红黄相间,红的如霞,黄的如金,层层叠叠,每一片叶子都重叠在另一片叶子里，那么默契，那么和谐，似乎所有的叶子里都流淌着同一种汁液，每一棵根系都紧握在地下，将生命中的葳蕤共同展示给浩渺苍宇。偶尔有一只鹰，自高空俯冲而下，打开身体中的软梯，将你的目光高高挂起，或者，干脆就悬浮在高处，似打坐的蒲团，两只翅膀是翕动的经页，被风的手轻轻翻动，这时候，人的心情则如高山流云，牧放惬意与柔情。

　　秋天的午后最易飘起丝丝缕缕的雨，在山野，则更是如烟似雾，让人分不清是雨笼着山，还是山锁着雨，云遮雾罩，峰回路转，在迷蒙与恍惚中，洗净尘世的琐屑与繁华。看，湿了翅羽的鸟雀，悄悄立于枝叶背后，一只脚弯缩在丰腴的羽毛里，迷蒙着双眼，做着昨夜未醒的梦。有的则三两只聚集在一起，弯头啄着彼此身上的露水，间或将头猛地一甩，在空中划出一道圆弧，那弧，优美如虹，不禁让人心生感念，这世间最美的舞蹈是否就是它们的独创？这样看着想着的时候，不觉雨雾湿了发际，湿了眉宇，可是谁又愿忍心拂去这秋野晶莹的银露？

　　漫步秋野，不到月色朦胧，谁也不会轻言归去，这自然的造化自会羽化了你我的心境，让久居的心灵在尘封中得到慰藉与安抚。到秋野走走，让生命绽放光华与绚丽。

发表于2014年9月24日《迪庆日报》

聆听秋声

春有花开哔啵，夏有雨落滂沱，秋除了斑驳与绚烂外，亦有着七彩的动人声音，这声音，便是秋天的生命，是它让秋天走向了金子般的炫目与迷恋。

秋声是跑过玉米林的风的马车，它们嗒嗒的脚步掀开玉米林的外衣，将籽粒饱满的金黄照耀在大地上，照耀在飞鸟翻飞的翅羽间，照耀在一个人静默的目光中。

秋声是藏匿在层林深处的虫鸣，每一声，都透彻心扉，每一声，都辽远而又洁净，似乎每一个音符，都是秋水洇染的水墨，渗透在浑黄与殷红的册页上，将本就高远的穹苍抬升到澄澈与明丽的高处。循声望去，天空的草场里，白云的羊群怡然自得，在缓慢前行中淡出几分闲适，几分迷离。俯首，草叶与藤蔓交相辉映，你拥吻着我的脚踝，我怀抱着你的茎叶，黄绿相间，谁也不咬噬了谁的色彩，谁也不遮蔽了谁的光线，静守着时光之安谧，安享着秋声之奇幻。如若是一个人，你尽可以安坐在草叶铺就的席间，抑或默然斜倚着粗糙温热的树干，此时就会有三五只鸟雀在枝叶间，衔着阳光的斑驳碎片，翻飞追逐，一不小心，又跌碎在草叶间。或是冷不丁地蹿出一只身着奇幻色彩的昆虫，在树干上，猛然停住脚步，良久，又倏忽间隐遁无形，只留下一声低沉而又穿透魂灵的鸣叫，让人在短暂的迷幻里，聆听到内心震颤的跫音。

  有时候，这跫音还会走进夜色围拢的阑珊灯火里。秋日原本短暂，而村野的秋阳逃离地平线的速度更是扑朔迷离，转瞬之间，已隐遁得无影无踪，留给村庄的便是炊烟弥漫的静谧。此刻，牛羊已经归圈，鸟雀也已入巢，久久不愿睡去的，便是檐前丛草间的蛐蛐，它们似乎和秋夜一样有着漫长的期待与耐心，这种境界，谁都懂得怜惜。氤氲灯火里，煮一壶香茗，斜卧在藤椅间，抑或临窗的位置，随手翻开一本古旧的线状册页，无须潜心，无须刻意，让窗外的鸣叫声透进木格窗窗纸，闲适地落在茶香与书页之间，时远时近，时清亮，时暗沉，那样韵致，那样清鲜，有几分迷醉，有几分顿悟……于是，夜夜虫鸣，夜夜秋声，如梦如幻般游走在你生命的脉管里，令人心生惬意与向往。

  故此，久居乡下的人走进城市，尤其是秋日夜幕围拢之时，心中便平添几分怅惘与迷幻，总觉心中缺少了慰藉与凭依，那便是秋声，那些奔突在魂灵深处的音符，它们就像时光调制的醇香窖酒，少一分迷醉，就少了一份绵柔的心绪。因此，觅一缕秋声，就是为生命觅一处安谧的栖息地，让人生，在一次又一次的聆听里，纯熟而又旷远。

发表于2015年10月23日《阿坝日报》

秋夜

　　除却了夏的燥热与喧嚣，独守秋夜之安宁，是人生的一大幸事。

　　单就秋草虫鸣而言，是其他季节所不能拥有的。是夜，暮色四合，远山渐远，或倚窗凭栏，心无旁骛，或临窗而望，睹物思情，都是最好的时分。这时候，虽是秋意渐凉，但那些耐得住风霜的菊花、野草还在秋风的轻拂下肆意地劲长，似乎每一朵花、每一棵草，内心都集聚着此生未了的情缘，要赶在寒冬到来之前将它们如数返还给人间，因此，葳蕤是不必说的。随着夜色渐浓，月色渐起，虫鸣声也如远天之上的辰星，钻出花香馥郁的丛草，将声声清脆播撒在大地的角角落落。此刻，最好身卧在藤椅里，茶几上的香茗幽幽散发着缕缕清香，舒展腰身的茶叶在杯水中袅娜沉浮，衬着月光的碎银，将腾挪的身影倒置在玻璃几面上，别有一番风情。灯光不必明亮，刚好照见书页上的字迹为好，书却要是古籍或者名家之作，在缓慢的翻动与品咂中，感受人生的一份安谧与情愫。

　　如若是在乡下，则是另一番情趣。风徐徐地吹过场院，场院之外的树阴下，斜坡上，不愿入睡的人们披了秋衣，相互点了火，吸着自家菜园里生产的热辣烟丝，吐着圈，不紧不慢地谈一些庄农的故事，或者说到一些往事，动情处，有人舒着长气，有人埋头不语，抑或搔首伸腿。不远的草垛背后，孩童们玩着花样游戏，捉迷藏的，借着月色玩卡片的，毫无目的肆意奔跑的，不经意间舒活着身体，舒活着童年的无忌。

　　若是随风飘起雨丝，乡村的秋夜就更是风味无限。毕竟已是深夜，早睡人家的灯火已经熄灭，但也星星点点亮着几盏如豆的灯火，单就几盏，却给人无限的温暖与温馨，在偌大的村落里，照亮的就不单是黑暗了，而是生命中一段可贵的记忆。雨丝丝缕缕，斜着从檐前飘过，借着灯光，在巨大的苍茫中织起一副薄如蝉翼的纱帘，透着清新与明亮。冷不防几声牛哞或羊咩声划过村落上空，那是它们在反刍之后呼唤新的草料，但这悠长的哞咩声却给人周身暖意，让你在倦意浓郁的此刻也能起身为它们增添草料，为这生命温馨的呼唤。

　　因此，在秋夜，无论你身处何方，只要心存感念，就能聆听到秋夜安谧的声响，以及生命成长中微茫的感动与念想，让人生在淡泊中，温暖而丰腴。

发表于2014年9月19日《张家界日报》

醉秋

秋雨最是缠绵,淅淅沥沥的,少缺了夏雨之热烈,比之春雨更柔情,于是,若是秋分前后落过一场雨,整个秋天便是一幅绚烂多姿的油画,徜徉画中的物事,便是声声叮咚,处处迷醉,彳亍其间,物我两忘,这便是醉秋之境界。

醉秋最是山野醉人。秋日的黄昏,你不必脚步匆匆,一身秋装,一双合脚的旅行鞋,就是最好的行囊,从村庄的任何一个出口缓步而出,顺着山间小道信步而上,此刻,鸟鸣就是你最好的导引。高远的穹苍,因了鸟影而更为阔远。夕阳的余晖大把大把地洒落下来,黏附在翻飞的羽翅上,它们或翔集,或孤飞,或远行,或回归温暖的巢穴,但它们绝不孤单,陪伴它们的,除了一小阵一小阵的徐风外,便是它们留在天幕上的行迹,或弧形,或俯冲,但每一段历程,都会在浩渺天宇间绘出一幅碧蓝的图画,若是拓印在辽阔大地上,便是一幅幅阡陌纵横的装饰画,像村庄,似河流,缀饰成村野明丽的记忆。行至半山,你最好有一次小憩,轻轻地俯身,顺着草茎倾斜的方向席地而坐,回首村庄的腹地。其实,村庄更像一枚括号，前后两山相对，是它的弧，通往村庄之外的道口，就是两弧相对的出口，而村庄，就安谧地静卧在括号之中，养育着万物生灵。青青屋舍，配了红色琉璃，加之天色向晚，炊烟四起，袅袅娜娜，此情此景，已无需谁人思虑或描摹，自然就是一幅水墨，抑或一块自天堂飘落的丝质手巾，若是山崖拐角的斜坡上，恰有三五只牛羊，懒懒地漫步而行，你还会说山野只是山野而无灵动么？这时候，你只有平心静气，凝视阔野，让你的魂灵沉浸在山野香醇的迷醉里，丝丝缕缕浸润你的肺腑，直至西落的夕晖染遍远山。

当然，层林尽染的远山，更是醉秋蕴藏了的秘境。高低错落的松林，白杨林，槐树林，杏树林，在夕阳的斜映下，粉红如霞，淡黄似金，你中有我，我中有你。恍惚之中，此地丛草中飞出几只斑鸠，扑棱着翅膀飞向远方，彼处丛林深处突兀奔出一只野兔，倏忽之间，隐遁无形。这时，你无需惊叹，无需起身觅寻，苍鹰就在你的头顶打坐诵经，硕大的双翅，如铺展开来的经书，晾晒着斑斑驳驳的阳光的经文，在你的目光与经文之间，似乎打开着一架时间的软梯，只要你潜心诵读，就一定能够读懂高原的村野，让你的心灵至此了无俗世杂念，唯有满溢的热爱与宁谧，涤荡心湖。

其实，一场适逢的黄昏雨，更是醉秋不可或缺的滋润剂。风一定是徐徐而过，斜斜地，擦拭过你的眉毛，像亲人的呼唤，又有满怀期许的温暖，雨不急，裹挟着些许凉意，但并不寒凉，和着风，从眼前飘过，飘成丝丝缕缕的锦绸，从山巅飘向阔野，像往事的一些片段，走向记忆的深处。而黄昏的幕布，正迎着记忆走远的方向，围拢而来。低处村舍的灯火，也渐次明灭，透过窗棂，躲躲闪闪里,开始诉说秋之静夜。

　　此刻,唯有立于山野的你,还迷醉在秋之醇香里,像一枚叹号,亟待着谁人温热的双手,皈依秋天的诗句!

发表于2016年11月18日《江宁新闻》

走进冬天

冬是圣洁的，也是安详的。冬天的到来，是一场盛宴，我们必须静心素面，走进冬天。

走进冬天，就是走进一场场雪的圣洁。秋天是雨的世界，丝丝缕缕的雨，飘落在空阔无边的旷野里，浓郁的烟岚散落在山涧大树之间，萦绕不去，那种境界，真叫人留恋，就像一场缠绵的缘，在生命世界里萦回。而冬天，则是雪的王国。静夜，万物安详睡去，只有风，不紧不慢地在街巷或村庄巨大的场院之间游走，寻找或孕育着一场雪的到来。此刻，炉火正旺，暖壶里的水在火舌的舔舐下发出细若游丝般的鸣叫。人或围坐在炉火周围，举一杯香茗，品茗闲谈；或斜倚在藤椅深处的安逸里，捧一部诗书，悉心品咂。窗玻璃上的水珠猛地垂落下来，划出一条条泪痕，而窗外，风一阵紧似一阵，追赶着枯了的叶片，在大地上翻卷。一场雪，已从遥远的天国出发，正走在抵达人间的路上。

冬天的夜里，久坐的人容易困倦，尤其是在炉火温暖的熏陶下，更容易让人心生睡意。而清晨醒来，推窗而望，房屋和树枝干枯的枝丫间已落上了一层絮状的雪，晶莹剔透，颤颤巍巍，似乎一声喊叫就能将它们震落下来。这时候，最紧要的就是走出小屋温暖的裹挟，来到雪地里，感受雪之圣洁。街道上，村巷里，到处是慢行的人，面对一场初冬的圣雪，人们总是能够放下内心的聒噪，让身心沉浸其中，对灵魂进行一次彻底的洗礼，毕竟，这雪花，是孕育三季的圣物，来自遥远的天国。

走进冬天，更是走进一场生命生息修养的安谧里。约三五好友，围坐席间，或叙春之葳蕤，或诉夏之葱茏，或言秋之丰硕，然而，面对冬天，畅谈最多的还是对生命成长的感知感悟。人生本就是一场场轮回，在季节的反复更替中，由幼稚走向成熟，而冬天就是成熟之后的安享。人生亦是如此，只有敢于乐于享受生命的人，才能更真切地感悟到生命的珍贵与易逝，也更能珍爱生命并让生命走向一个又一个辉煌。因此，冬天是生命安谧的休憩。

冬是令人向往的，冬是美丽素净的，让我们除却内心的繁杂，以一种超逸的情怀，安静地走进冬天，走进生命的本真。

发表于2013年11月8日《银川晚报》

冬日赋

冬月对于季节的轮回而言，不是强弩之末，而恰恰是孕育春天的眠床。

看，那脐带般缠绕着村庄的河流，此刻，正在被天堂的大手盖上冰雪的棉被，在安谧中恬静地睡去，厚重的冰雪之下，河流的脉管依旧日夜不息地奔突着，它们就像人生中按捺不住的热爱，日夜浇注并洇湿着大地经久不衰的渴望。春天，它流淌的脚步如歌吟一般，叫醒沿途的鸟雀和崖畔明灭闪烁的阳光的箭镞；夏夜，它们绕过村庄的腹地，将琼浆般的汁液，灌注在大地护佑一季的麦根深处；秋风里，它们驮负着落叶的金币，运送到遥远的他乡，其实，捎给远方的，只是来自故园的问候与牵念；唯有冬日，河流才能安顿好内心的热望，潜心夜行，犹如我的爱，走过中年的门槛，停留在了村庄和村庄围拢着的纵横阡陌里。

当然，面对冬月，能带给人春日般温暖的，不只是奔流不息的河流，还有河流之上，辽阔的山野和山野之外广袤的草木。对于一个对大地饱含情感的人而言，冬日的草野并不萧瑟，草木香味的炊烟是温暖的，有着母亲的味道，袅袅娜娜，似母亲的柔情，绕过屋舍的颈项，穿过玉米林弥漫的夜色，将人间叮当作响的温暖带上天堂，写进神谕。草木护佑下的大地是温暖的，漫步山野，你每挪移一次脚步，草木的茎叶就拥吻你的脚踝一次，你每俯身一次，草木干枯的馨香就馥郁你的内心一次，事实上，它们才是天地之间最受灵气教化的事物，不是么？晨曦抚慰它们从梦呓中醒来，鸟鸣供奉它们晨操和时钟，而一场突如其来的雨露，教会它们脱离土地的依附并向着高远的穹苍伸直腰身……因此，面对苍茫山野，我们必须学会躬身和敬畏，是它们，给了我们春日葳蕤的期冀和抗拒严寒的勇气，尤其是在冬日和冬日即将来临的时候。

除此之外，便是寂静的冬夜了。我爱冬夜，唯爱其静。山野是静的，树木是静的，行走在瓦片上的雪花是静的，就连一声通透夜空的犬吠也是静的，那么宁谧，那么深邃，犹如穹苍之上，辰星暗自明灭，少缺了平日的嘈杂与纷乱。当然，一杯浓艳的香茗是静的，一本暖心的书是静的，一个人翻动书页的细节是静的，粘附在窗玻璃上的水珠也是静的，在这样的境界里，还会有什么能让你心生涟漪呢？

于是，安享冬日，安享一份淡泊的宁谧，安享春花芬芳之前大地淡然的孕育，让魂灵涤净俗世的尘埃，在春日里，复苏成爱。

发表于2016年11月2日《未来导报》

冬日暮晚

冬之暮晚，较之春夏秋三季而言，别有情致。

春日万物萌生，让人心生葳蕤；夏日绚烂多姿，易令人眼花缭乱；秋日大地丰硕，令人沉醉不知归路；而唯有冬之暮晚，安静祥和，心无旁骛，卸下内心的疲惫与不安，一个人简简单单，漫步林阴小道，抑或单骑旷野。

风虽已是寒意彻骨，但毕竟是一个季节的符号，拂过脸颊，穿过胸膛，让我们真切地感知冬日的盛大。在生命成长的路上，没有谁能够不经历寒冬的锻造就能成为繁华，恣意绽放出菡萏骨朵。因此，面对冬天，就是面对生命最高的拷问，我们还有什么理由逃避或躲藏呢？在茫茫旷野，一阵风，或者一季风就是冬日的浩大盛宴，把酒临风，不就是谛听冬之密语么？畅饮风之酒者，不就是生命最真的强者吗？

听，从北到南，从西到东，风不就是在奔跑中传达着辽阔，传达着浩渺与无穷尽的追问么？漫步风中，黄叶卷地，落日熔金，大地在收紧怀抱的同时，不就是在孕育着雪之新生么？

莽莽群山，银装素裹，这是天堂的圣谕在尘世的演绎。此刻，夕晖西下，大地之上，**繁华褪尽**，肃静安谧。如若一个人彳亍而行，整个尘世大地就是一面巨大的镜子，在纯净中照耀出我们内心的澄澈与明净，尘埃远去，纷争远去，唯有广袤与高远，这时候，我们难道不应该献出内心的热望与赞美么？除却了地脉之下草根暴动的声响，我们还能够聆听谁人的聒噪与浮华？大地沉静，在沉静中沉淀生命，沉淀人生。如若远行，在茫茫荒野，暗夜来临，远处村庄突现的一盏灯，抑或一掬泛黄的灯火，不就能引燃我们对生命存在意义的更高敬畏么？

因此，面对冬日，我更喜欢暮晚，在冬之暮晚宽阔的怀抱里，感受人生的温暖与皈依。

发表于2013年11月15日《孝感晚报》

冬夜花开

蓦然听到，暗夜深处有花肆意开放，飒飒——飒飒——飒飒，如怨如诉，抽抽噎噎。于是，和衣而起，倚窗凭栏。

隔着窗玻璃，小巷深处的夜灯还在醒着，只是较往日多了些苍茫朦胧，似乎掩映着一层神秘的面纱，哦，原来是洋洋洒洒的雪花，漫天飘落下来，轻叩着大地之门，也叩响小屋的窗玻璃，叩醒守候夜之宁静的人们的心绪。

此刻，我已是睡意全无，既然醒着，那就欣赏这冬夜花开的美景吧，借着灯光，借着临幸小屋的远山，借着这夜的安谧。索性，搬一把藤椅，沏一杯淡茶，斜倚在座椅里，赏雪。

雪花是天堂走失的神灵吧？我不禁想。每一朵，都那么纯粹，那么剔透，不远万里，皈依人间，她们一定是带了天堂的神谕，或者就是天堂派往人间的使者，她们要把天堂固守三季的秘密，泄露给高原大地，泄露给村廓四野，泄露给早起的鸟雀，泄露给追逐嬉戏的孩童，泄露给炊烟和宽阔的场院，泄露给每一个人内心深处的向往与记忆。

如若我是一名江南女子，此刻，我一定伸手接了这圣洁的灵物，捧在灯光下，听她们诉说情怀，看她们欢欣舞蹈，和她们交流隔世的秘密。之后，看着她们安静地融化在手心，敷在脸庞上，眉宇间，这确是尘世少有的胭脂，一定能幻化出潮润的容颜，也一定能使我们的心灵透亮，胸怀万物，包括这临窗的淡淡寒意。

真的，如果人的一生能有雪花的魂灵，安静，圣洁，在完成皈依的使命之后，随遇而安，孕育另一个灿烂的春天，就真是抵达至高的生命境界了。

来生，做一朵雪花，做一朵冬夜里独自开放的雪花。

发表于2013年2月20日《孝感晚报》

冬之恋

最后一勺秋风灌进村庄的时候，秋天累了，时令醉了，季节随即进入了冬天，所有物事的脚步也将缓慢下来。拐过崖角的牛羊，晨昏中的鸡鸣狗吠，除却了往日的喧闹，于从容中淡出几分优雅与宁静，让人在祥和中感知冬日的雍容与安谧。

冬日的清晨，不必脚步匆匆，数指轻拉门环，于闲庭信步中踱出阔大的庭院，伸几个懒腰，拧几回脖子，无意中就能看到安窝在杨树高枝上的鸟雀，弯身啄着羽毛，清理粘附在身体上的草叶，有顽皮嬉戏的，则倒挂在细枝间，荡着秋千，做着孩童一般的动作，似乎它们的童年就是我们的昨天，在无忌中绽放着属于自己的那份欣喜与欢乐。不远处的水井旁，打水的妇人轻盈地摇放着辘轳绳索，红色毛衣与碎花头巾将晨起的寒冷拒之千里，像一抔火焰，随着绳索的摇摆晃动着，燃烧着，温暖着冬天。这时候，阳光顺着院墙流泻下来，虽不暖和，但却浓郁，让人在无言中享受一份静谧与惬意。村头的草垛边，几只母鸡啄食着草根，杂草四溅。人家的炊烟，袅袅地升着，将村庄的馨香与安宁播散在更远处，更高处。

如若有雪落下来，村庄就别有一番风味。逶迤的远山，近处的树木，浸淫在绵密的雪花中，尤其是那几只翻飞的乌鸦，翅膀跃动的弧线在风雪中优美地滑行着，似一副写意的山水画，那高远深邃的天穹便做了一副巨大的画布。牧羊的老人穿了厚厚的棉袄，雪花簌簌地落在发际间却浑然不觉，依然缓步在山间，喝一声悠远的秦腔，声音穿过雪帘萦绕在村庄上空，久久回响，似乎与落雪应和着，在天地之间，广袤而疏朗，让人顿觉天更高了，地更阔了。

冬日的白昼总是稍纵即逝，随之而来的便是安谧素净的夜晚了。此刻的村庄，家家户户飘逸着炉火燃烧的味道，间或散发着烧烤红薯的香味，沁人肺腑，当然，闲来无事的三五好友，围聚在炉火旁，借着酡红的火光，把酒临欢，品咂冬日的温馨与宁谧，冷不丁几声狗吠，将这宁谧传送得更为辽远，更为空旷。

冬日的村庄，宁谧而又闲远，于一份淡远的安宁里思考过去，谋划未来，人生分外淡雅而又悠远。恋上冬日，恋上村庄，便是优雅人生的一部分。

发表于2014年12月5日《张家界日报》

冬的等待

秋天随着一场寒凉的秋风隐遁无形，代之而来的便是期待许久的冬。渴望在这个漫长的冬日里，能有一场场沸沸扬扬的大雪降临村庄，遮蔽大地的荒芜与突兀，但随着冬日渐深，飘雪的惊喜依旧未能如愿，而我对雪花的期待初衷不改，就像等待一位从天堂出走的大神，挥手之间为广袤的人间降临一场福祉，唯美而又持久。

冬天本就是一个安谧静美的词语，镶嵌在季节的轮回里，而雪花便是这轮回里的精灵，缀饰着冬之静怡。落雪的时候，村庄就更像一位蒙了神秘面纱的女子，素素雅雅地立于大地之上，黛赭色的山峦瞬间被雪花覆盖，辽阔的褴褛倏忽隐遁在旷野深处，唯有那些高举着手臂的杨树，将枝干遥遥指向广袤穹苍，旗帜一般引领着冬天，不断深入。

遥望村庄深处，便见袅娜的炊烟悠悠舒展着身姿，将草木的香味播撒在辽阔的空域，每每此时，村庄的每一处罅隙就洋溢着浓郁的馨香，让人不免心生感念，似乎每一朵雪花里，都凝聚着村庄无尽的期许。若是在暗夜，落雪的村庄更令人心花怒放，炉火正旺，茶香氤氲，围炉而坐的人，脸膛映照着浓艳的炉火，漫谈着，嬉笑着，少却了平日的劳碌与繁忙，热烈的时候，少不了捧出窖藏许久了的米酒，你一杯，我一盏，将冬夜的寒冷抵御在辽远之外。而此刻，窗棂上的霜花悄然融化为颗颗露珠，簌簌地落下来，在墙角积聚着，缓慢中流散开来，像洇湿了的记忆，久久不肯散去。

  黎明时分，推窗望远，绒绒的雪花落在干枯了的树枝上，早起的鸟雀翻飞其间，将颤颤悠悠的雪花顺着枝条弹落下来，斜睨着阳光散射的方向望去，闪耀着晶莹的光芒，就像谁撒落空茫中的银屑，让人喜不自胜，毕竟，这样的场景不是谁能刻意求得的。出得门来，舍不得伸展脚丫在素净齐整的雪地上。

  那雪，是来自天堂的精灵，如梦似幻，谁愿意轻易去打扰一场酣睡的梦幻呢？这样想着的时候，便是久久地站立在屋檐下，一任雪花的光芒懒懒地照耀着，迷人着，不觉得冬之寒凉了，唯有会心的笑意洋溢在眉宇之间。草木搭建的屋舍下，牛羊睡意全无，伸长了脖颈在木门的条框之外，静静地欣赏着冬之雪景，一副副满足的慵懒样，似乎馨香扑鼻的草料对于此刻的它们缺少了平日的吸引，唯有这落雪，足以慰藉胸中的饥渴。

  其实，对于冬天而言，雪花就是这样，在圣洁中养育灵动与迷恋，让人在一季悠闲中，学会享受，懂得敬畏。而无雪的冬天，唯有双目蓄满期许，仰首长空，在深情的瞩望里，等待一场雪的盛宴盛开在村廓四野。

发表于2016年1月1日《人民日报》

杏花深处

如果说桃花是春天画册的扉页，那么杏花当是画册中浓墨重彩的首页，是它，将春天引向绚烂与迷丽。

桃花灼灼但弱不禁风，总是选择向阳的土坡抑或村前屋后的空地，在温煦的阳光下繁繁茂茂地开一场，若是遇到一场春雪，抑或一场疾雨，便凋零得零零落落，让人一场心酸，一场怜惜。而杏花，虽不及桃花般令人迷醉与沉潜，却给人以春日渐深的沉着与豪放。杏花不畏寒，当然，杏花漫山遍野地掏出内心骨朵时，已是仲春时节，天气转暖，阳光大把大把地散射下来，山野，沟壑，村庄，人家废旧了的墙院，都浸没在阳光的润泽里。杏花选择在这样的天气里上演一场花之盛宴，自有其盛大的舞台。

杏树不择地理，山野之高，沟壑之低，处处弥漫着它们的身影。低矮，枝叶随意，皲裂的肌肤，但这一切并不影响一棵杏树在春天的夜里，突然间打开内心安谧已久的热望，将葳蕤的骨朵绽放成一树繁华。"一枝红杏出墙来"，的确如此，在村庄，处处可见出墙的红杏，每一朵，都羞红着脸，似乎每一朵，都是一句诗，抑或是一句诗中羞赧的部分，白里透红，红里透亮，顺着人家的屋檐瓦片悄无声息地伸展出来，腰身婀娜，细碎的叶片包裹着粉嘟嘟的蕊，蕊里含着昨夜未醒的梦呓，孤孤寂寂地开着。若不是邻家的姑娘冷不防地撞个满怀，还不知一枝杏花会有如此娇容，于是，便笑抿了嘴，轻手轻脚地绕墙而去。

场院深处的杏花自不用说，那必是一树接着一树，一朵挨着一朵，覆盖了整个阔大的屋舍，绵绵密密地兀自开放着，从不顾及绕过庭院的人儿。若是有孩童慌慌忙忙中追跑过来，也便是立即止住了脚步，仰起头，不声不响地望着，他们想，这馥郁的清香，就是杏花所为么？

当然，杏花除了满树清香，满目葳蕤，更重要的是，杏木是上好的木材，尤其是在乡村。在我的故乡，杏树是家庭中的重要材质，人们将杏树开挖回来，自然风干，而后请木匠择日做成案板，用棉纱蘸了胡麻油，齐齐整整地擦拭一番，那红艳的色泽立即显现出来，还伴随着一股幽幽清香。若是走进厅堂屋舍，见得了一面杏木做成的炕桌，四四方方摆在土炕中央，而后上一桌饭菜，不讲究饭菜的高低，单就那杏木炕桌，已是稀罕之物。手工精巧的匠人还会在炕桌的木腿上雕刻上"龙凤呈祥""年年有余"等吉祥图案，这炕桌，就更是主人的所爱，别人的艳羡了。

此外，杏子成熟之后，杏肉晒成杏干，是上好的药材，"端午吃个杏，到老没有病"，《黄帝内经·素问》将杏列为五果之一。杏子味酸、甘、温和，富含蛋白质及钙、磷等多种维生素，具有生津止渴、润肺定喘之功效。由此而来，杏树当为药用树种了。

于是，春深处，闲暇时，赏一树杏花，着一缕杏香，便是生命中闲适雅致的享受了。若是捡几枚杏之花瓣回来，贴于册页之中，不就是三五枚生命图集中的闲章么？

发表于2017年4月5日《中国教师报》

油菜花开

三月的风犹如大地上游走的神灵，脚步所至，草长莺飞，花香馥郁。山野之上，田畴之间，遍地可见成片成片的油菜花忍俊不禁地咧嘴笑着，每一朵笑容里都饱含着浓郁的馨香，随着风的脚步弥漫开来，整个山野就被芳香包围。在这种境界里，唯有迷醉与伫立。

清晨的油菜花是沉浸在梦幻中的，行走着的脚步一定要轻，尤其是当你穿过村巷，进入阡陌小道的时候，最好屏住呼吸，让心跳与梦行走的跫音保持律动。而后，凑近鼻息，让花香在你的鼻息与肺腑之间开通一条细若游丝般的通道，等花香从金色的骨朵中漫溢出来，轻轻地进入你的肺腑，而此刻，最好合上眼睑，不要让花的光芒照耀，否则，你一定会被花香与光芒同时灌醉，而后在惊呼中开口说话——说破油菜花开的秘密。就像一个人一不小心说出青春年少，说出花香往事，说出爱，说出一段隐秘。

若是晴空万里，大把大把的阳光倾泻而下，而你正好身处油菜花地，千万不要急于奔走，一定记得择一处空地，紧挨油菜花地仰躺下来，身心安定。此刻的天穹高远澄澈，加之万顷花香弥散开来，将整个人裹挟其间。你会情不自禁地伸手扶过一株，让骨朵之中绒毛般颤抖的鹅黄，流走在你的眼眸与脸庞，抑或唇齿之间。你会觉得整个天地围拢着的，不再是自己，整个身心已随花香而飘逸，成为了大地的一部分，时光游走着的一部分，若半睡半醒的梦，如亦步亦趋的爱，悠悠然，飘飘然。

诚然，同为一物，南方的油菜花却与北方的有所迥异。南方临水，民居就浮在水上，临车窗望去，似乎在隐隐飘动着，成群的野鸭凫游在水域与民居之间，懒懒的，似乎整个世界就是它们的眠床，不惊不惧，隐逸飘然。而油菜花田就被水塘、民居、野鸭群分割开来，一小块一小块，兀自葳蕤着，若轻衣曼妙的女子，水意浓浓，就连映照在水塘中的倒影也是轻柔的，让人心生怜惜。这情景，让我在去南京的路途上着实领略了一番，至今仍留存在记忆深处。而在北方的青海湖，油菜花就不再是那么柔弱水意，犹如北方的汉子，株株挺直着腰身，足见其蓬勃的力量。一边是无垠的湖水，另一边，却是群山围拢，山峰之间终年不化的皑皑白雪。人行其间，若不是裹紧棉衣，顿觉寒气狠劲地掀开你的衣袖，钻进你的衣领、袖口，及至衣衫深处，令你不禁寒战连连。而一眼望不到边的油菜花，却肆意地疯长着，就连阴翳的油菜花叶，一如树叶般硕大，让人看了，顿觉周身力量遍布。

等到油菜花谢，籽粒成熟的时候，俯身摘一株豆荚裹挟着的油菜花籽，轻轻剥开来，那一枚枚有序排列着的小小果实，会让你油然生出无限感慨，一枚小小的籽粒，经风经雨，成长为一株令人惊艳的花株。而人生呢，面对此物时，还会斤斤计较于暗夜的凄风厉雨么？

又是一年油菜花开时，漫步油菜花地吧，无论你身处何地，让油菜花香馥郁你的灵魂，馨香你的人生。

发表于2017年4月26日《兰州日报》

鸟语

鸟群是大地养育的飞翔的诗行,每一只鸟雀都是一枚词语,丰腴着大地上仰望的目光,也澄澈着辽远空阔的天宇。因此,每一只鸟在面对穹苍与厚土时都会开口说话,说时序更替,说万物荣枯,只是,我们缺少了聆听的耳朵,抑或缺少一份聆听的心境。于是,怀抱一颗热望之心,走进广袤村野吧,去聆听鸟语,去聆听生命的真谛。

春之始,听鸟语叫醒沉眠的大地。初春的大地经历了严冬的封冻,依然坚硬,但春日的鸟语就像灵动飞扬的翅羽般温润。此刻,你应该安静地立于庭院,檐前,或者斜倚在一棵高大槐树的腰边,听聒噪的麻雀说一些陈年旧事。

在北地高原,尤其是在村庄,更是麻雀的根据地,从南山到北山,从沟壑梁峁到山野平川,从谷地到玉米林,它们总会不辞辛苦,零零碎碎地收拾一些关于庄农的话题,抑或与庄农相关的趣闻轶事,于某个春日的清晨,集体站在瓦房高耸的屋脊上,一字排开,开会似地商议或传达一些春种秋收的讯息。而父亲,此时早已将屋舍下的犁铧擦拭过了好几遍,锄头、镰刀、麦绳等器械从悬挂的高处拿下来,掸去了土灰,重新挂上去。这个时候,我就知道是叽叽喳喳的麻雀给了父亲春天的信息,他将带领家人去往苏醒过来的田地,开始一年的辛劳耕种。未进入学校学习之前,我总会跟了家人在田地里干一些力所能及的活,干着干着,想到下种的籽粒,即将发芽的幼苗,以及不久的将来就要结出丰硕果实的墨绿的麦田,当这一切都与庭院里七嘴八舌的麻雀们有关的时候,我就不禁哑然失笑,觉得鸟类确是人类须臾不可离弃的朋友。

　　至于夏日高树上的鹁鸪,便是村庄预报的晴雨表了。鹁鸪也叫斑鸠,总是三五只不离不弃的样子,站在庭院高处的槐树上,平日里一副安静的模样,要么弯头啄着翅羽间的羽毛,要么眯缝了眼睛,沉静着不言不语地睡觉,毕竟夏日里暖风徐徐,馨香浓郁,顽皮的孩童们早已睡过好几回了,鸟雀们怎能不打打瞌睡,休憩一下因飞翔而倦累的身心呢?这时候只要你能静心,就会看到高树枝丫间的鹁鸪们将头扭在一侧,埋进翅羽间,沉沉睡去。若是其中的哪一只猛然醒过神来,甩甩头或者抖抖羽毛,便惊得近旁的几只倏忽睁开了眼,索性箭一般振翅而去。若是哪一日听得"鹁鸪,鹁鸪,鹁鸪,鸪——鸪"的叫声,必是雨水来临的时候了。场院上晾晒的谷物,麦地里收割的庄稼,以及农人手中挥舞着的镰刀,都在此刻停止下来,奔走的人们,归圈的牛羊,整个村庄热闹着,沸腾着,不多时便有黑云压过山巅,将一场丰沛的雨水浇落在大地之上。当然,也有"鹁鸪——鸪——鸪"的叫声之后,隔日落雨的情景。鹁鸪叫,不光是雨前的预报,雨后初晴时,它们更是群情激奋,面对着阔大的场院，集体声嘶力竭地叫着，似乎整个村庄之上唯有它们才是王者，才是说出村庄秘笈的长老。

于是，面对鸟雀，人们总是充满了敬意，充满了感激，尤其是在寒风呼啸的冬日，仰望一只鸟窝成了人们双眸之中最为亮丽的风景，其实，人们仰望的不只是一只鸟窝带给生命的温暖，更是一种生命向上的姿态，像繁复的鸟语，留给村庄恒久的思索与念想。

发表于2017年6月15日《今日兴义》

第二辑　聆听时光

　　由鸟鸣洗亮的村庄是一本厚重的经书，翻开来，每一页都发着馥郁的幽香，只是，时光能带走一本书籍，却无法载动一个村庄。在我生命的长路上，鸟鸣渐远，村庄渐远，因为我羸弱的人生难以背负鸟鸣的经文而前行，惟有念与思。

——《鸟鸣洗亮的晨昏》

灯光

  如若在辽阔的荒原，或者在荒原无垠的暗夜，一个人踽踽而行，那么，这个时候，如果从远山脚下的农舍里投射出一缕柔弱的灯光，穿过掩映的树林的罅隙进入你的眼眸，那灯光，无疑就是一个人内心世界的全部，包括温暖、勇气和力量。

  这是我少年时代的一次亲身经历，因此，我对灯光心存感念。

  那是一个风高月黑的深夜，母亲胃病发作，剧烈的疼痛让她蜷缩成一团，跻在破旧小屋的墙角，就连呻吟的声音都逐渐变得微弱，而父亲远在他乡，唯一守候在身边的只有我和姐姐两个人，为了能够照顾母亲，我决定让姐姐留在母亲身边，由我接替姐姐去远在十里之外的小镇医院买药。

  出门之前，姐姐为了我的安全，让我随身带了一把下地用的铁锹，说是为了防御，不如说是安慰或者警示暗地里突然冲出来的野狗。而那时，家里穷得连一个照明的手电筒也没有，就这样，我急急忙忙出了门，向着小镇的方向一路狂奔。夜不但黑得出奇，而且零星地飘着雪花，迎着风，猛地砸在脸上，干硬干硬的痛，但一想到母亲目前的疼痛，也就无所顾忌了。

很快，我就出了村子，沿着蜿蜒崎岖的羊肠小道上了山，呈现在眼前的只有茫茫的荒原，和几乎不能分辨的土路，整个原野之上，丛林，荆棘，干枯了的蒿草，在风中猛烈地摇晃着身子，似乎和寒冷做着最后的对抗。我大口大口地喘着粗气，听得见自己猛烈的心跳，而那把被我一路拖在身后的铁锹，在坑坑洼洼的路面上发出丁零当啷的响声，也似乎只有铁锹不间断的声响，才能舒缓着我内心的惧怕，鼓励我不断地前行。不觉间，又穿过了一座山原，就在拐过山角的时候，一缕昏黄的灯光从山下的小屋里透射出来，随着树木的晃动而明灭闪烁着，似有似无。而那一刻，我剧烈跳动着的心，逐渐开始平缓，我感觉那灯光就像一只明亮的眼睛，随着我的脚步不断移动，照耀并不断给我的内心添加温暖的气息，和一些莫名的勇气，让我对荒原巨大的孤寂和寒冷不再彻骨，似乎，那一缕昏黄的灯光，就是母亲温暖的笑容，亦步亦趋，跟随在身后。

就这样，在灯光的陪伴下我走过了很长的一段路，又拐过一座山，到了小镇买到了药。虽然回来的路上，灯光已经熄灭，但我的内心已经有了足够的勇气，黑夜也不再是那么令人惧怕，因为，那一缕昏黄的灯光，已经永远留存在我的内心深处，像一只明亮的眼睛，照耀并指引我跨过面前的崎岖，向着家的方向一路走去。

从那一次我终于明白，生命中有很多夜路要走，但心中有灯光照耀的人，就永生不会害怕。虽然，那年我只有十四岁。

发表于2013年2月3日《泰州晚报》

生命之窗

窗形式多样，五花八门，不可尽数。但生命之窗，对于芸芸众生来说，是公平的，是相似的。因为，它们都是上帝赋予我们共同的灵魂，和守护灵魂的平等的爱。

要说在实现生命价值的过程中有所不同，那不如说是我们在善待生命的路上，没有尽到应尽的义务和职责。有人通过多年的沥血奋战，有朝一日身居庙堂之高，面对舞台之下的茫茫人海，挥舞着手中的鲜花与光环，灿烂夺目，为多少人所艳羡。

的确，这是付出之后的回报，理所当然，我们应该向他们投去赞许和肯定的目光，通过奋斗获取成功是一种伟大的荣耀！但也有人，就在身居庙堂之高的同时，不能把握生命所给予他的理性，把荣光当作了挥霍的本金，这就是对生命的漠视与糟践！上帝能给予我们伟大的生命，同样，也能收回令人不舍的生命。因此，善待生命，呵护上帝为我们打开的那扇窗户，是我们一生的责任。

善待生命，要心怀博爱。博爱就像阳光，能照耀大地的每一个角落，每一处罅隙；博爱就像雨露，能遍洒在每一枚叶子、每一朵蕊里；博爱更像一把刷子，在给玻璃以明净的同时，自身正在付出。

　　善待生命，要心怀理想。理想就是雄鹰向往苍穹，理想就是大海期待宽容，理想就是花朵沐浴着阳光，理想就是大地盼望着收获。如果天空没有了辽阔，大海没有了无垠，花朵没有了温暖，大地没有了丰盈，生命还能像灯塔一样，在茫茫暗夜，发出璀璨的光华么？

　　善待生命，要勇往直前。如果把生命的终极说成一座宝藏，那我们对生命的感念与回馈，就是在去往开采宝藏的路上。尘世间，没有哪一条路能平坦无垠地通向成功之门，所以，我们一旦上路，就必须面对风霜雨雪，面对坎坷与险阻，面对一次又一次暗夜的来临，那时，只有用勇敢的双手，才能找寻到黎明的曙光。

　　因此，在走向生命的每一个路口，都让我们心怀感念，相互携手，共同守护好属于我们绝无仅有的那一扇明亮的窗口。

发表于2013年9月1日《合肥日报》

独对黑夜

面对深冬暗夜的渊薮,人是游弋其间的鱼,或孤独地游弋,或安静地守候,或三五成群地穿越在时间的霓虹里。而我,独对黑夜的时候,或仰望星空,或捧书夜读。

暮色四合,傍依小城的那条小河就是我的最爱。缓步而行,街灯的光影软软地落在潋滟波光里,水波不紧不慢地前行着,间或发出叮咚的声响,有如软侬细语,轻轻地歌唱着,跃过水草的脖颈,一朵朵,追逐而去。石桥三两座,栏杆不高,拱洞上的龙雕在水波忽闪的照耀下,确如活得一般摇摆着尾巴,与流水相应和。独立石桥之上,向着傍依的小山望去,夏夜的山巅灯火明灭,应是寺庙围墙上的照明灯,偶尔听到几声雄浑低沉的钟声,那钟声不免让人想到撞钟者的虔诚与敬畏,他们常年生活在寺庙里,焚香敬佛,打坐诵经,远离市声的喧扰,在向佛的夙愿里完成对生命的独享。

及至山脚,也就到了小河的对岸,时有游人经过,岸边的草丛深处就有野鸭拍打着翅膀的痕迹,在水面上划开若隐若现的水纹,又淡淡地隐去。脚步累了的时候,就顺势坐在嫩叶丰茂的草地上,抬首望着浩渺辽远的星空，**繁密的辰星也在望着你**，它们之间总是保持着固有的距离，呈现出花样繁多的形状，或许在暗示着自然的某种秘密，但我们能透过自然的现象了解多少生命的秘密呢？那广袤的苍穹里，呈现在望眼之外的，又暗藏了多少隐秘的暗语呢？

及至华灯璀璨，市声喧嚷，我则更喜欢一个人独坐书屋，掌一盏明灯，静心品读。最是喜欢古人挑一盏马灯或汽灯夜读的情景，光线不是太亮，但也看得清书面上的字迹，那种氛围，更易让人进入书中的情景。饱览唐诗宋词的清幽高雅，品味名家的风趣幽默，尤其是那些年代相对久远的线装书，翻开在案头，即便不是很深入地去读，但那古色古香的书香亦令人神清气爽。困倦的时候，斜倚在藤椅里，举一杯清新的龙井茶，凝神静思，似乎看见李白孤舟远游、杜甫夜雨疾书的情景，抑或托尔斯泰《安娜卡列尼娜》的悲恸，卡西莫多的古怪善良，艾丝美拉达的智慧机灵……所有的这些，氤氲在茶香飘逸的昏黄光线里，是那样的静谧，又是那样的撩拨人心，让人睡意全无。有时候，我也不免推窗而望，远山的轮廓被迷蒙的夜色勾勒出来，安静而又阔远，渐渐的，又被沉沦的黑所深深包围。

其实，生命很多时候不在于声色表达，安静地独享一段时光，或者一个静谧的暗夜，也是一件美事。只要灵魂充实，生命就是静美的仰望，每一个人，都值得去参悟，去品味——尤其是当人心灵空虚的时候。

发表于2013年第4期《红石峡》

给生命以芬芳

清晨的花鸟市场，百花争艳斗芳，芬芳诱人，遛鸟的老人信步闲庭，悠然自在，步入其中，犹如进入空山一角，给人清新秀丽之感。于是，将自行车停放在市场空闲的位置，穿越在花鸟之间，享受这美妙的晨光。

络绎不绝的游人，有挎篮寻觅新鲜蔬菜的，有携子闲逛的，有年轻夫妇挽臂而行的，有随手拉了宠物转悠的，尤其是那些上了年纪又生活无忧的老人，提了鸟笼，相互攀谈着，说笑着，漫步在高大杨柳垂吊而下的浓密枝叶间，让人看了，顿生艳羡之情。那笼中的鸟儿也不安生，叽叽喳喳地叫着，相互追逐着，嬉戏着，你啄我的肚脐，我啄你的脚爪，在有限的空间里尽情戏耍，似乎是这清晨的时光给了它们激情与乐趣。

深入市场，便是成排的鲜花，品种之多，令人眼花缭乱。海棠枝叶浓密，含苞待放；米兰谷粒大小的骨朵，米黄米黄的，随时准备散发出扑鼻的清香；仙客来花枝招展，在繁茂的绿叶丛中独占鳌头；青云直上攒足了劲，向着头顶的广袤领空伸展阔大的叶子；一品红更是憋红了脸，将葳蕤的花朵暗藏在绿色条叶之间，意气风发……看过这株，嗅嗅那朵，看过那束，摩挲这盆，因为平时爱花，所以一进花市，妻子总是埋怨我磨蹭，磨蹭就磨蹭呗，谁叫这里鲜花遍地，芬芳迷人呢！

正当我们在一处花店旁爱不释手地赏花时，过来两位老人，男的推了轮椅，而那与我的母亲年龄相仿的老人，双腿残疾，仰躺在轮椅上，他们在花店旁停了下来。老人近前端起那盆紫色郁金香，仔细端详着，那专注的神情，似乎是在端详一件珍贵的文物，我爱花，平时多买花，但从没有老人这样仔细过，不禁在心中暗自嘀咕。老人在反复地端详之后，终于开口向花店老板询问价格。

"郁金香85元。"

"哦！"老人听了价格后面露难色，但手中的花盆却不曾放下，以我的经验，老人一定是喜欢花，却嫌花贵，正在犹豫吧。

"能少点吗？"老人低声问道。

"真要的话，给您80吧，老叔。"

老人不再犹豫，付了款，将花盆放在了轮椅前面的座架上。夫妻俩会心一笑，男的自言自语道："这是第18盆了。"

听了这话我不禁心中一震，在花店主人空闲的当，与他攀谈起来，原来轮椅上的老人在一次事故中致使双腿残疾，从此只能与轮椅相伴，已有十八个年头，那老伯每年都要买一盆紫色郁金香，他要向妻子表达，无论在什么样的艰难境遇中，他都永远爱她，只要生命在延续，他对她的爱就不会中断。听过花店老板的介绍，我沉思良久，这高贵、永恒无尽的爱不正是紫色郁金香的花语么？

在走出花市的时候，我反复想，在生命成长的历程中，一盆花虽小，却能给生命以芬芳，尤其是，当生命路遇残缺时，那葳蕤的花朵就是生命绽放的、最为高贵的真爱！

发表于2013年10月9日《兰州日报》

音乐相伴暖寒夜

暮色四合，冬夜漫漫，这种时候，唯有丝丝缕缕的乐音曼妙萦绕，方是寒夜里慰藉心灵的暖暖细流。

平生喜爱管弦之乐，但无弹吹之能力，唯有将一份俗世的心情沉淀下来，浸润在一曲曲美妙的乐曲中，尤其是在窗外寒风呼啸的时刻，独坐小屋，掛上一杯清茶，翻开一部摩挲很久的诗书，一个人安静下来，打开电脑播放一曲曲古典名曲。或激荡如瀑布飞崖，或曼妙如丝竹轻佻，或嘈嘈切切，或幽幽咽咽，但这一切都将或急或缓地进入灵魂的罅隙，有如香茗之清香浸润肺腑，令人愉悦而不能言语。正如柴可夫斯基所言，音乐是上天给人类最伟大的礼物，只有音乐能够说明安静和肃穆。

的确如是，音乐的魅力只能用心灵感悟，而不能用语言言说，或许，这就是音乐的感染力吧。每到情深处，不由人心情或激越，或沉静，但无论如何，心灵深处绝无俗世杂事之纷扰，唯有恬淡，唯有安谧，唯有丝竹之乐，绝无乱耳之嫌。

如若是在雪花围拢的村庄，此情此景，更让人着迷。冬夜是悠闲的，万物在静谧中安睡，雪花簌簌地落着，风也停住了奔走的脚步，偶尔一声狗吠，将村庄叫醒，牛羊开始唤草，夜行的人低头推开咯吱的木门，谁家的灯火猛地照亮了半个村庄，接着是一声轻声的咳嗽，这一切，伴着暗夜的宁静，让人更觉村庄的安谧之美。这种时候，若是一个人独处，炉火一定从炉盖的缝隙里挤出来，舔舐着水壶的边沿，热水发出嗞嗞的声响，应和着窗玻璃上冷不丁滑下来的水滴，摔碎在窗沿上……这来自村庄的天籁之音，不也是美妙的乐音么？它就像冬夜里一盏盏昏黄的灯火，照彻我们内心的迷茫，找到家园的根，并向着春天的方向，不断掘进。

"音乐，是人生最大的快乐；音乐，是生活中的一股清泉；音乐，是陶冶性情的熔炉。"音乐家冼星海的话，就像寒冷冬夜里的乐音，温暖着我们的生命，为生活的明天注入着琼浆玉液。

我爱冬夜，爱冬夜里流淌着的沁人心脾的音乐之声，更爱村庄雪花弥漫的天籁之音。

发表于2013年12月29日《兰州日报》

秋虫啁啾诗书香

除却了夏日的聒噪与燥热，清凉的秋倏忽之间来到了我们身边，山野之间，多了几分成熟的气息，亦多了几分诗意的虫鸣，尤其是在漫漫秋夜。

于是，四野暮色围拢之时，便静坐书屋，独开一扇向南的窗叶，赏暮色四合，听虫鸣啁啾，阅诗书几部，自有风情无限。

如若午间落过一场不温不火的秋雨，傍晚晴好，此时独对远山，雾霭烟岚从远山的峡谷间缭绕上升，几只觅食的野鸭扑腾着翅膀，穿过烟岚雾气，落在山腰的柳树枝上，更像点缀其间的黑色叶片，让人分不清哪个是树的一部分，哪个是翔集在自然丛林里的生灵。如若此时，再有几声辽远空茫的钟声，从远寺的高墙穿越过来，令人心旷神怡，滋生留恋不舍的情怀。

及待暮色围拢，大地上的生灵也已进入休眠状态，少却了无谓的嘈杂与涌动，此时，便是一个人的内心安静的时刻，也是捧书夜读的时刻。于是，沏一杯香茗，置于案头，而后在书架林立的书柜间，摩挲出一本心爱的旧书，或诗或文，不求限制，只要是心间所爱。若是多年前从旧书市场淘回的线装书，那是最好，虽少了新书的油墨香味，单是那古旧的书脊装帧，就能让人心生爱怜而抚摸一阵。而后落座在茶色的藤椅间，此时不宜直接进入文本，最好是轻轻地翻过封面，看那扉页上的签名，抑或购买回来时亲笔留在那书页间的题记，脑中掠过购买此书时的情景，抑或初读时的挚爱景况，回味之间，便多了几许念想，几许淡淡的、时光流逝的感伤。

抚平心间的微澜，开始静夜的阅读。"高梧策策传寒意，叠鼓冬冬迫睡期。"这是诗人陆游秋冬疾读的自语，此时寒意尚未，但从窗间挤进的缕缕秋风，却也让人感到了几丝凉意，尤其是这清凉之间，隐约含着的虫鸣声，让人对这秋夜有了更多的依恋。或许是蛐蛐，或许是不知名的小虫，它们在这夜深人静的时候，不去安暖的窝里睡眠，却在秋草之间放歌，是按捺不住内心歌唱的欲望，还是向秋夜表达着久违的念想，总之，那一声声鸣叫，如果细心倾听，声声入耳，声声扣人心弦，似乎它们的嗓子，天生就是为了歌唱，悠长，绵密，而又饱含深情，让人不觉有了王维的"雨中山果落，灯下草虫鸣"的诗意，而此刻，捧在手中的书卷，更添了诗意无限。

困倦的时候，品几口香茗，兴味浓郁的时候，随手写几句读书的感想，释放内心对文字的悟解，或者对自然的情怀，不亦乐乎？

秋夜虫鸣，漫卷诗书，不亦是生命至高的境界么？

发表于2013年9月13日《今日兴义》

米兰花开

有爱,生命就会开花。这是米兰花语。

的确,对于养花,我虽不是内行,却也付出了不少爱,为花,也为像花一样芬芳四溢的生命。

周日天气晴好,心情舒畅,妻儿一家骑两辆单车去郊外游玩,尽兴归来途中,顺便去了小城的花卉市场。生命对于春色,的确是偏爱了几分。面积不大的花卉市场内人山人海,各色花卉鲜艳夺目,枝繁叶茂,微风过处,更是芳香四溢,令人不免心生艳羡。于是,挑个略微空缺的位置将车子停靠稳当,一家人见缝插针地深入到了群花之中,挑拣喜爱的盆花。

君子兰高风亮节,法国吊兰叶蔓葳蕤,仙客来花色繁多,虎刺梅虎虎生威,鸿运当头更是吉祥高贵……品种之繁多令人眼花缭乱,但这些花早已占据了家中阳台、花架、艺术橱窗、餐厅等显要位置,盛开的盛开,凋谢的凋谢,在各自的岗位上无怨无悔地奉献着花香与艳丽。"哇,米兰,好香的米兰。"女儿惊喜着,喊叫着。对于米兰我是心仪已久,因为一直没有找到而心存遗憾,于是,我钻过人群的挤压，来到那盆米兰花旁，凑近鼻子深深地闻了闻，啊，那深入肺腑的花香，令人迷醉，金黄的迷离花朵，灿灿地耀眼。对于心爱之物，我从不讨价还价，我知道，生命的最高价值在于爱，只有爱，才能让生命焕发光彩，于是乎，讨得爱花，一家人欢天喜地赶回家来。

回家后，先是松了盆中的花土，施了平日泡制腐熟的碎骨末、鱼刺、鸡骨液肥，然后喷洒了清水，将它小心地摆在了书房向阳的花架上，整个书房散发着幽兰般的清香，与满屋的书香正是相得益彰，爱花、爱书胜过一切的一家人，不免数目相视，笑声朗朗。

米兰花开，开出幸福与温馨，这不正是对生命的最高回馈与奖赏么？

发表于2013年5月24日《嘉峪关日报》

最是炉火温暖时

冬日渐深,寒风袭人,每到此时,便让人不免忆起村庄老屋温暖的炉火。

享受冬日,就是享受一缕缕炉火的温暖。家人团聚或者三五好友相约,围坐在火炉旁谈天说地,蓝色的火苗从炉盖的缝隙里挤出来,沿着茶壶的边沿肆意蔓延,茶水翻腾着,跳跃着,雾气缭绕,茶香袅袅,举起温热的香茗,会心地品上一口,每个人的脸膛洋溢着幸福的红晕。如若有三五个喜欢把酒言欢的,在沸腾着的茶壶里温上一瓶二锅头,摆上一排瓷质可人的小酒杯,斟满了酒,然后选举一个人轮流与大家开火车猜数,那种其乐融融的氛围真是令人身心愉悦,精神倍好。事实上,享受的不仅仅是炉火的温暖,更是亲情友情的诚挚。

享受冬日,就是享受一份静夜的安谧。夜深人静,万籁俱寂,便是一个人沉思遐想的时候。白日的喧嚣隐去,寒风隐遁在远山之外,只有窗外雪花簌簌飘飞,偶尔敲击着窗玻璃,发出韵致均匀的声响,让人顿生慵懒之意。偶尔从远处传来一声狗吠,在空旷的村庄四野扩散开来，暖暖地荡漾着，让整个村庄在温暖的呵护中安静地休憩。

享受冬日，更是享受一种阅读的乐趣。窗外雪花簌簌，室内炉火飘香，这种境界更是一个阅读者的最佳时机。捧一本喜爱的诗书，斜倚在藤椅深深的安谧里，桌边的茶杯散发着缕缕茶香，一个人静静地走进书中人物的苦乐悲欢里，走进人物内心的美妙世界里，走进域外情景的辽阔里，走进生命世界的最高思考里。

的确，生命如雪，高贵典雅，在这飘雪的冬夜，享受生命，敬畏生命，就是在完成着对生命的最高阐释。

发表于2013年12月5日《天津日报》

书香春节

春节临近,女儿放假在家,除了照例每天完成寒假作业之外,就是嚷着向我要春节礼物了。按照惯例,寒假读书是全家的最爱,于是,书籍自然是春节的最好礼物。

经过讨论,全家一致认为,学校图书馆里的藏书是寒假必读首选。于是,一个阳光浓郁的下午,我骑着单车,带了三个购物袋,去学校图书馆借书。经过一个多小时的甄选,《大自然解密》《大师笔记》《哈佛深呼吸》《科学漫画》等15个系列的48本图书被我选入囊中,然后,带着三大包书籍回了家。

一进门,女儿的惊喜溢于言表,接过我手中的袋子,一屁股坐在地上,开始分拣自己的最爱,妻子也乘兴而来,急着挑选科学故事,我也不例外,《17位大师的读书笔记》被我提前包揽。不一会功夫,三大包图书就被一扫而空,齐刷刷地陈列在各自的书架上,女儿经过一番整理之后,就抱了自己最为喜欢的倚着床头开始了阅读,平时只读书而很少记写笔记的妻子也翻箱倒柜找出多年前的读书笔记,躺在沙发里边读边记写笔记,她说要通过这个寒假的充电,力争成为我读书写作生活中的高级助手。女儿更是不甘示弱,在自己读书笔记的封面上写道:"书不是枯燥的,不是无味的,而是滋润心灵的良药,更是引领人生走向光明的明灯!"看着她们的兴奋劲头,我知道自己再也不能甘于落后,抢先坐到电脑旁,开始记写一段文字,将这个春节之前最美最真的借书、读书心得写下来,因为,这个美好的春节,我们将要在兴味盎然的读书活动中度过,毕竟与大家有所不同。

金蛇即去,将是万马欢腾,让我们在这万马奔腾的春天里,让读书成为欢度春节、迎接新生的主旋律,让生命在不断的升华与提炼中,将人生锻造成一把明丽的钢刀,斩荆披棘,让生命焕发出耀眼的光华。

发表于2014年1月22日《黄石日报》

纸鸢高飞惹人醉

"儿童放学归来早,忙趁东风放纸鸢。"又是一年春草萌动,万物复苏,春烟迷醉之时,趁周日闲暇,便拖儿挈女,去郊外旷野放风筝。

三月的旷野已是春烟弥漫。看,临河的杨柳,在浓郁的春光中,摇曳着身姿,娉婷婀娜,似害羞的春姑娘正掩面而笑,又似谁人不禁羞赧而扑哧出声,顽皮躲闪的阳光在草地之间投下斑斑驳驳的光斑,耀眼而又迷人。穿越小桥,河水淙淙,清澈透亮,在一路奔忙中,滋润着两岸的青草树木,将对生命的慈爱渗透在旷野之间。及至到了辽阔的草场,这里已是身影斑斓,老人们携手漫步,孩子们扯着长线,奔跑着,吆喝着,青年男女斜倚在草坪之间,拍照,聊天,整个草场成了生命回归质朴的乐园。

当然,最令人痴醉的是躺在青草之上仰望浩渺长空。看,飞上高空的雄鹰,在一根细线的拉扯下,静默在高处,悠闲自在,心无旁骛。迎风起飞的雏燕,向着远山盘旋而上,无所畏惧,时而下转俯冲,时而振翅上升,与孩子们的呼喊声应和着,嬉戏着,好生调皮。令人啼笑皆非的是孩童们拽了长线，在父母的帮助下将喜爱的"飞机"从双手中放飞，瞬间风向逆转，"飞机"直勾勾落地，气得孩子们一阵跺脚。是的，我们面对生命的成长，何尝不是如此，在经历了无数次的历练之后，才能放手让他们走向广阔的生活，那些飞翔在高处的雄鹰，哪只不是在经过了几番波折之后才翱翔天宇的呢？

正在遐思的时候，女儿呼喊着她的风筝终于上天了，不禁急急回过头来，看到天宇之上，一只雏鹰在明丽的阳光中缓缓而行，心头不禁一阵惊喜，这难道不正是我所期待的情景么？在孩子成长的道路上，只要我们给了他正确的引导与获取成功的方法，就该放手让他们勇敢地尝试，在经历失败与挫折之后，获得的成功将是多么令人欣慰、令人惊喜。

纸鸢高飞时，期待每一只雏鹰都能展翅，自由翱翔在广袤的天宇，醉了春天，醉了仰望的目光。

发表于2014年4月11日《发展导报》

炊烟远去

草木是有生命的，燃烧后，也是燃烧的生命，在天空牧放着香味。在我的村庄，在我小小的庭院里，炊烟缭绕了三十多年，最后，炊烟驾着时间的马车，伴我来到了小城。至此，炊烟与我相隔千里，成为了我梦境中的一部分，馨香绵远。

由于饥馑年月的严酷，母亲带我来到尘世，已是四十多岁了，打记事起，母亲就操着单薄的身体操持着家务，不是上山割草，就是下地锄田，将劳作的辛苦与操持家业的纷扰一个人担当着，披星戴月。

年少的我虽对母亲有所担心，但终究不能为母亲分忧，唯一能让母亲省心的，就是晚饭时分帮母亲烧火。母亲和面收拾菜蔬的时候，我就开始烧水，进柴的火门很大，就着一把麦草点火，等麦草将要燃旺的时候，将母亲从山上割来的蒿草拧成一小把一小把的，伸进灶膛里，等火真正烧起的时候，再将拾来的树枝垒起，这样，就能安静地守在灶台旁，看着母亲忙来忙去，顺便和母亲说一些日常的闲话，间或往灶膛里添加柴禾。看着火苗舔舐着硕大的锅底，发出哔哔啵啵的声响，那声响，就像爆竹爆破，一声接着一声，这声响，也顺便将草木燃烧的馨香运送出灶膛，弥漫在整个小屋里，时间长了，整个小屋就沉浸在烟雾中，也沉浸在浓郁的馨香里。等饭做好，一家人就着月光，坐在小院的苹果树下，和着星月，享受夏夜的安谧与幸福。

如若遇到阴雨天气，飘出烟囱的炊烟并不飘向广袤的天宇，而是袅袅娜娜，盘绕在青青瓦舍间，和着丝丝缕缕的烟雨，长久地弥漫在庭院上空，将整个庭院严严实实地包裹起来，似乎是遮蔽屋舍的襁褓，我们便成了大地的孩子，安静地守望着，让馨香沁人心脾，沿着脉管上升，成为刻骨铭心的记忆。

后来，随着工作的需要，我们一家人随我进入小城，住进了逼仄的水泥空间，当然，炊烟是不能随我们一起搬走的，临别时，母亲说要再做一顿饭，和着草木香味的饭菜吃着实诚，我也知道，母亲想要回味的，不仅是一顿告别的饭菜，更重要的是一段年月，一段饥馑岁月的记忆，那记忆里，刻着炊烟的味道，刻着青草干燥的馨香，刻着草木燃烧的生命。

母亲来到小城后，也常帮我们做饭，但她总说自己用不惯现代化的电器，这电器发出的声响不像柴禾燃烧的声响，吱吱地让人听着心烦，我知道母亲心中揣着的，是对草木的情怀，不是快捷的现代生活方式。每每此时，我就借故倚窗凭栏，向着故乡的方向张望，一夜夜，夜不能寐，总觉有丝丝缕缕的炊烟，沿着记忆的便道上升，在庭院的上空盘旋，凝结，不离不弃。或许，这就是草木凝结的情结，它们馨香的生命终将成为我返乡的理由，一次次，将我返程的脚步定格在村庄的出口，不能自已。

　　远去的岁月，炊烟缭绕的故乡，是盖在我生命历程上的邮戳，伴我远行人生路，温暖，芬芳。

发表于2015年2月5日《桥梁建设报》

居住在城市里的鸟

鸟儿是村庄的标点,村庄的诗篇因鸟儿更生动,更迷人,就像花朵给了大地馥郁的芬芳,天空给了仰望以深邃和蔚蓝。因此,我一直对乡村的诗篇热爱有加,每向着村庄所在的方向阅读一遍,就能聆听到鸟儿清脆的鸣叫回响在耳边。如果生活可以从头开始,我真想身处村庄向阳的土坡,与阳光、草垛、密林、鸟儿为友,相伴终生。长此以往,便觉日夜有鸟声相伴,就连做梦也是群鸟翔集的场面。于是,便有了在阳台上养鸟的想法,但仔细一想,那些原本属于自然的尤物,我怎能将它们豢养在自己的一己私欲里呢?心中释然,怅然。

好在我居住的小楼后面有一块果园,或许是主人疏于管理的缘故吧,椿树、杨树、苹果树、槐树,树种繁杂,竞相生长,每到春天,浓郁的阳光流泻下来,整个园子里杨树抽枝,椿树发芽,果树开花,一片繁盛,葳蕤芬芳。不知何时,竟有成群的麻雀觅得这样一处清闲的居处,将一块小小的园地当成了自己的家园。于是,闲暇时分,我便倚窗凭栏,一来可以和它们近距离接触,二则可以消解我对村庄,尤其是对那些常年生活在我家屋顶上的鸟雀的念想。

冬日的清晨,阳光来得迟,但它们并不等太阳升起,就从昨夜安静的睡梦中醒来,呼朋唤友地说着话,在枝间飞翔跳跃,平日里喜好干净的,啄食着羽毛上的草叶,偶有凌乱了的羽毛飘飘悠悠地掉落下来,落在哪里,哪里就开出洁白的小花;嬉闹顽劣的,就在枝间腾挪杂耍,将腰身吊在孱弱的枝头,荡着秋千,似乎在它们的世界里从没有烦恼孤寂,只有玩不完的奇思妙想;更多的,是不约而同地降落在地面上,低处人家的屋顶上,叽叽喳喳地觅食。这是它们的看家本领,啄食着,跳跃着,偶尔相互争斗一番,但很快就和解,当它们需要另寻他处的时候,又是集体出发,不掉队,也不轻易离队。落雪了,园地上的杂草覆上了一层蓬蓬松松的雪被,它们又怎能耐得住寂寞,将双脚插在雪被中,为寂寥的大地盖上印章,这是生命世界里高贵的邮戳,只是,我无法将它们对折成一封封短函,寄回我的村庄,寄回我恍若隔夜的记忆里。再后来,它们就干脆在我窗台的外沿上集会,商议一些重大决定,包括隔着玻璃用尖喙跟我打招呼……

就是这些居住在果园里的鸟雀陪我在小城安定,立业,在夕晖如血的傍晚,和我共同守望着愈走愈远的故乡。多少个清寂的夜里,我不止一次地想,故乡老了,村庄老了,村庄里的鸟雀是不是也已年迈,它们还有多少未尽的心愿,还有多少没有托付的话语?今夜,借着如水的月光,你们能否开口说话,或者,扑棱着翅膀,明示我皈依的偈语?

发表于2015年5月25日《郴州日报》

窗棂上的鸟鸣

鸟鸣从高处的枝间落下来，粘在向阳的窗棂上，与顺着墙壁流泻而下的阳光粘附在一起，和着婆婆娑娑的树影，就构成了一幅精妙的图画，也构成了我多年来精心呵护的窗棂情结。

久居乡下的时候，院落阔大明亮，东西走向，西南开门，东南、西北各一排砖瓦结构的房屋，我所住的西北房屋正好向阳，制作精巧的木格窗镶嵌着亮闪闪的窗玻璃，开阔敞亮。春晨，晨光熹微，居住在门口高处杨树上的鸟儿们就早早醒来，呼朋唤友地叫着，似乎这明亮的清晨谁都不能错过，高处的，低处的，相互唤着，跳跃着，啄食着羽毛上的草叶，等它们梳洗完毕，就齐刷刷地落到对面的屋顶上，开始一天的早操。

操课其实很简单，就是你追我赶，你起跳我降落，一阵纷乱。但对于它们来说，这就是快乐的全部，似乎它们的世界里从没有过烦恼与困惑，有的只是鸣叫与飞翔。这个时候，我就端坐在临窗的位置，眼前摆了茶炉，一边烧着茶水，一边透过木格窗欣赏着晨间美妙的情景，看它们将快乐的鸣叫和着跳跃飞翔的身影一声声地滴落下来,落在木格窗棂上。麻雀的叫声多少有些凌乱,不能和声统一,却在凌乱中透着轻灵,有着晨间的清凉;鸽子的叫声雄浑,似乎那叫声不是从嘴里发出,而是直接从胸部穿透出来,扩散在院落里,它们"咕咕"唤着同伴的时候,麻雀们就倏忽从地面翔集到屋顶上,或者重回到高处的枝间,又极快地俯冲到院子里,啄起麦粒后,躲在了远处的草垛上。以屋檐为家的鸟儿就是燕子了,它们的身影伶俐轻盈,长尾剪过树影,往返于屋檐与田地之间,忙碌地喂养着雏儿,辛劳着,期待着,快乐着。

就这样,整个院落浸淫在鸟雀的鸣叫声中,摇曳婆娑的树影与阳光一道,将斑驳的图画躲躲闪闪地印刻在墙壁上、窗棂上,如若开了窗扇,那躲闪的图画就挤进屋子里,落在被单上、炕沿上、火炉边,让人心生惬意与温暖。其实,鸟鸣浸润的村庄,又何尝不是一首诗、一幅画呢?标注在大地的版图上,散发着诱人的清香!

后来,远离了村庄,来到小城。在我居住的楼房下面,就有一块未被开发的果园,主人疏于管理,园子里杂树丛生,绿荫如盖,引得鸟雀们以此为家。每日晨昏,它们就在窗外的树枝间跳跃歌唱,嘹亮的歌声回荡在室内,直到暮色掩映了小城,如水的鸣叫声才渐渐退去,成为暮色的一部分。

我想,不论身处何方,有鸟鸣浸润的生命总能焕发生机,就像四海为家的鸟儿,它们总是将内心的快乐播撒在大地的每一处罅隙,生动着生命中的每一个晨昏。

发表于2015年3月11日《今日梁山》

冬阳煨暖的童年

秋天随着最后一场秋霜的消融而隐遁，随之而来的是顺着屋檐流泻而下的冬阳的暖流，懒懒地照耀着村廓四野，就像远去的时光温暖着的童年，让人在记忆的河流里，一遍又一遍地打捞起奔流无羁的浪花，那样明丽，又是那样令人心生爱恋。

其实，冬阳爬上山巅的时候，村庄已经醒在一片片鸡鸣犬吠里，出圈的牛羊在牧人脆响的鞭梢声中迈着或急切或悠闲的步子，穿过村廓小巷，向着远山进发，早起的鸡群，转过墙角悠闲地漫步在去往场院的路上，咕咕地哼着曲儿，似乎它们的内心有着诉说不完的乐趣。这时候，冬阳泛着白光，箭镞一般穿过杨树，顺着场院宽阔的崖面溜下来，透射着浓郁的寒凉。场院上的孩子们也早早地到了，个个瑟瑟地拢着手，毕竟在饥馑年月里谁也不能完全抵御冬日无所不在的寒冷，但每个人的内心就像暗藏着涌动的焰火，对冬日的场院充满了满心的热爱与期待。

其实，我们期待一夜的，便是叫作"挤油"的活动。靠着场院草垛背后阔大的土墙一字排开，大个的居中，小个的分居两边，其中一人猛喊一声，两边铆足了劲，一同向着中间挤去，边挤边放开嗓门吼叫着，似乎每一声喊叫都是力量的象征，越是叫得猛烈越是挤得激烈，突然之间，某一边猛然后撤，另一边就齐刷刷地倾倒在场院里，土墙上的黄土随着倾倒的身体飞扬起来，就像谁随手扬起的一般，在草垛与墙根处蔓延开来，久久地萦绕着，呛得人睁不开眼，但每个人的身体里却洋溢着无限的暖意，似乎挤掉的不是集聚一夜的力量，而是藏匿在破旧棉袄下的寒冷。就这样，我们爬起来，接着挤，挤倒了再次爬起，没有谁会轻易离去。除非被父母看见，大声呵斥一声，才会笑呵呵地向着家的方向跑去，但等父母走远了，就会再次回到集体的温暖中来。

直到大家感觉浑身痒痒的，面色红润了，"挤油"的活动才会暂告一段落，躲在草垛后密谋新的游戏。渐渐地，场院上的人多了，衔了烟锅的老人，纳千层鞋底的妇女，三五个挤在一起，说笑着，拉扯着，冬阳也已升起来，暖暖地，将大地和大地上的一切浸淫在安谧的和谐里。而今想来，童年的生活虽然简单，却充满了奇趣与痴爱。

此刻，我就安坐在阳台一角的藤椅里，阳光的暖流透过窗玻璃斜射在地面上，闪闪烁烁，如无数拨乱了的碎银，每一颗，似乎都在发出哔哔啵啵的声响。透明杯盏里的香茗散发着氤氲的香气，而我的内心深处却有一个声音在急切地呼喊，向着村庄的方向，向着时光远去的方向。其实，每个人的人生里，都有被冬阳煨暖了的童年，在记忆的琴弦上弹拨出七彩乐音，历久弥新。

发表于2015年12月11日《桥梁建设报》

水声流长

    人生静下来的时候，不论是面对一池春水，还是夏日的潺湲溪流，少却了临渊羡鱼的渴求，心中便有无限清凉与快意。也因如此，要寻求内心的安宁与清静，走近诗意葱茏的水声，便是最好的去处。

    水总是以其诗意的形态存在着。

    封闭的水域为湖，水草丰茂，没有江河的波澜壮阔，安守着一片宁静与安谧，与遥远的穹苍遥相呼应，在无言相许中完成了终身厮守，映照出空域的浩渺无垠。因此，走近湖，除了沐浴周身的清凉之外，包裹你整个内心的便是祥和的碧蓝，没有谁面对一方湖水的时候内心还会隐藏着巨大的忧郁与悲伤，它会让我们褪去俗世的挂牵与忧虑，安静地沉浸在馥郁的思考与爱恋里。大海则以其滔天的巨浪与奔涌的气势给人以雄壮的感官，霞光浓郁，鸥鸟翔集，汽笛声声，万物便从昨夜的梦呓里醒过神来，在这种境界里，人是渺小的，但思想却在无垠与辽阔中飞翔，或如鲲鹏展翅翱翔云端，或如扁舟独行悠然自得，总能在某个波澜处觅得生命的真谛。

于是，面对海，人生就不会狭隘，不会在得失计较中丧失自我与存在的真意，渺渺水域将承载我们前行的梦想。

河流亦是水存在的另一种形式，它以线性的流淌，带给我们浪花般的惊喜与追逐，让人在逐水而居中感知四时更替，日月交辉，在曲折中懂得柔韧，在潺湲中学会自赏，在一季又一季的幻变中，将心灵的伤口缝合，并涂抹上季节多彩的颜色，那样的人生便是多彩的人生，那样的生命便是丰富的生命。

由此，我们有理由走近水声流长里。

春日，跟随一条河流行走远方，两岸春花葳蕤，大地馨香馥郁，走累了的时候，就将整个身心交付给叮咚水声，安静地仰视一片蓝天，在高天流云里牧放诗歌的羊群，在时光丰茂的草场里找寻昨日的不羁与奔放。抑或，安静地守候群山以及群山深处弥漫的雾霭，和那些穿梭在密林枝叶间散碎的婆娑与斑斓。

夏日的午后，则最好放逐内心于大海。高天辽远，海域无垠，百鸟啼鸣，海光山色尽收眼底，这些时候，我们还会因夏之燥热而不安吗？我们还会为生命的过于奔放而忧郁吗？晨光洇染的，不光是海之绚烂，还有我们内心的欣喜；晚霞迷幻的，不再是空旷与广袤，还有我们周身的凉爽与大爱。

秋风肃杀，冰雪封冻时最该守住一面湖。潋滟水波，抑或茫茫冰封，都能涤荡我们灵魂深处的孤寂与尘埃，孤舟蓑笠翁，仅仅是独孤么？独钓寒江雪，守住的难道不是高洁么？当暗夜的帷幕裹挟山野、围拢村廓时，傍依远山的那面冰湖，茫茫中除了辽阔的洁净，难道不会在每个人的内心燃起焰火的酡红么？

于是，在人生的每一个曲折处，与水为邻都是最真的选择，有了水声的润泽，我们的世界才会水意浓浓，才能恣意放舟于生命的长河。

发表于2015年11月2日《虹口报》

腊月记忆

时光就是木格窗前流泻而下的鸟鸣,每一声都是温热而又润泽的,洇湿着长长短短的日子。腊月便是一年中滴落窗棂的最后一声,洇染出滋味悠长的欣喜。尤其是在乡下,腊月更是令人追念与依恋。

其实,腊月的日子很短,每一天都像兔子毛茸茸的短尾巴,一晃,一天的时光就过去了。因此,走进腊月,人们就格外珍惜时光。杀猪宰羊便是腊月里的首要大事,人们为了犒劳一年来的辛劳与收获,家家户户都喂养了猪羊。杀猪宰羊也是应节气变化,须在冬至之后,一般而言,冬至后没几天便进入腊月,因此,腊月的村庄热闹非凡。

巧手的年轻人选了村中央的空阔地,三五个人相互帮衬,用不了一个上午的时光,便会建起一座灶台,灶台四方四正,向着风口的方向留了灶台门,灶台后面连接一个烟囱,通常是用现有的废旧火炉铁桶安装上去的。然后便是生起灶火,熊熊火焰舔舐着铁锅,水沸腾着,等待水汽弥散开来。

年轻力壮的小伙子们，则是换了服饰，三五合围宰杀猪羊，年老的长辈则衔了长长的烟锅，靠墙而立，品评着猪羊的大小肥瘦，述说着年份的丰欠。这时候，浓郁的阳光顺了墙根流泻下来，将远处的场院、草垛整个儿围拢起来。

闲月的女人并不闲着，手持鞋底一针一线地纳着，间或讲一段笑话，惹得一阵前仰后合的推搡，事实上，也只有这个时候，村民们才能够将日子过得悠闲而又丰润。

腊月的日子亦是落雪的日子。北方的天空养育了雪花的精灵，每到腊月，雪花就会洋洋洒洒地飘落下来，似乎每一朵都是天空奉献给村庄的花朵，玲珑剔透，晶莹可爱。往往是夜幕围拢之时，还有风的马车匆忙中穿越村庄，看不到一点落雪的兆头，偏偏第二日清晨推窗而望，雪花已积满了整个院落，放眼远山，遍野的荒芜与褴褛已隐遁无形，取而代之的是茫茫雪野，在无边的辽阔里散射着圣洁的光芒。

这时候，男人们除了清扫积雪外，便是围炉而坐，茶香，酒香，弥散着整个屋舍。女人们则在土炕中央置了炕桌，或双膝而跪，或盘腿而坐，忙活着剪窗花，她们要将春节来临的气氛通过木格窗的面貌显现出来，或飞鸟，或家禽，或绿草，或红花，每一只、每一朵，都饱含了她们的灵气，剪刀在她们灵动的双手中或疾或慢地游走着，窗纸在空中窸窸窣窣地纷落着，就像窗外的雪花弥漫着节日的喜庆，孩童们则扯开嗓子，在阔大的场院中奔跑着，叫喊着，似乎每一声叫喊都在加速着节日的到来。就这样，腊月的日子在期盼与忙活中一天天地远去，春天的脚步一天天地临近。

因此，静享腊月时光，就是静享生命中唯美的盛宴，昼长夜短的日子，丰腴着村庄，也丰腴着生命的历程，愿我们在与生命相伴而行的间隙，放慢脚步，细品一杯腊月酡红的香酒，让记忆，绵柔而又悠长！

发表于2016年1月15日《桥梁建设报》

秋园记

其实，对于生命成长的历程而言，一座园子就是一座给养生命的宝库，尤其是在饥馑年月，秋园里的菜蔬就像一针针强心剂，拉扯了我们原本孱弱的命运。

菜园不是生来就有的，需要开垦。五岁那年，突然有一天，乘着在屋檐下乘凉的空隙，母亲说，屋后的那几分地等到秋粮收了之后就将它喂肥，明年春天的时候开垦出来，种点菜吧，虽然度过了饥不择食的饥荒年月，但要让孩子们的身体多多少少壮实起来，不吃菜是不行的。一向沉默寡言的父亲没有说什么，只是搔了搔头，算是应承下来。第二年春天的一个午后，天气晴好，父亲拿了镢头，将紧挨着屋后空地的土坡一镢头一镢头地垦荒，他是觉得那几分地作为菜园，实属显小，之后添了母亲和姐姐，一家人不出三天，总算拓展了菜园的疆域。从那年起，我们就有了菜园，那年秋天，我们也吃上了园子里的菜蔬。

说到种菜，母亲算是吃了不少苦头，她带领我们姐弟两人，一大一小，一根木棒，一只皮桶，从五里开外的沟渠里抬水，而她则是担挑，灌地的时候一天三五回，她说地要浇透，才能保墒，墒气通透，菜籽才能发芽。就这样，整地、分区、灌地、耙地，经过了多少工序，才能望眼欲穿地等待着嫩芽拱破地面，扒出藤蔓，颤颤巍巍地爬上藤架。而秋天的菜园，则是我们快乐的天堂。

夏末秋初，也正是父母们在田地里忙活的时候，母亲往往会安排我们姐弟俩摘菜做饭。那些时候，我们会将整个下午挥霍在菜园里。熟透了的豆荚在阳光的透射下劈啪作响，我们就寻了劈啪声，蹑手蹑脚地凑近前去，将炸裂开来的豆荚轻轻剥开，倒出熟透了的青白色的圆豆，你一把我一把地积累起来，卷起衣角裹挟着，再次蹑手蹑脚地离开菜园，捧了柴禾，放在铁锅里炒熟了吃。说实在的，新豆爆裂开来散发出的那股香气啊，着实让人着迷，撅了嘴巴，屏了鼻息凑近锅台，那香气正顺着鼻息凑近的方向晃晃悠悠地蒸腾而上，暖暖的。

而今，又到了秋园菜蔬成熟的季节，荒芜了的菜园不知草长几许，虫鸣几声。前些年返乡，父母还都住在老屋，身体也还硬朗，菜园里的菜蔬虽说种类稀疏，却也繁繁茂茂地生长着，一两顿饭还都能吃到菜园里的鲜菜，清爽的黄瓜，纯种的豇豆，辣到抹泪破涕为笑的辣椒，那可都是母亲劳作的味道，那都是黄土地给予我们勤劳的馨香的味道，有着阳光的醇香和绵长。现在，父母和我们共居小城，间或择菜的空隙，我就能听到母亲面对硕大惊人的西红柿发出长长的叹息，无需辨析，我就能听出声声叹息里的渴念和牵挂。

远去了的菜园，远去了的饥馑年月，你将永远是我人生餐桌上不可或缺的珍馐，给我馨香与执念。

发表于2016年6月30日《甘肃地税》

鸟鸣澹澹

鸟鸣是水意的,是能滴落在大地的肌肤上,抑或仰望者的眼眸中!晨光氤氲,夏热已去,秋凉未至,和衣而起,若是居于乡间,轻轻推开木格窗,随着吱呀一声,挤进窗棂的就不只有檐前的一抹亮色,还有高树上滴落而下的鸟鸣,似凝眸的雨丝,清灵韵致,又如不慎裹挟的珠露,溅落于杯盘之中,让人在不胜感激之余,总觉内心充盈而又滋润。

于是,久居乡下的那些年月,我总是随鸟鸣而起,逐鸟鸣而眠。乡下人家,大多时日忙于农务,农忙时节总是早起,男人们吆喝着牲口,或犁田,或拉运;而女人们干得最多的便是洒扫庭院,炊烟袅袅锅碗瓢盆;至于我,自然是跟随着父亲上地下田,做一些力所担当的体力活。

因此,踏着鸟鸣上路便是理所当然的了。树是村庄永恒的守护者,也是鸟儿永远的栖息地。及至晨光流泻,鸟儿们早已抛却了昨夜的梦呓,醒在高树的枝丫间,或梳洗羽毛,或三五集结,或清喉试唱,或翻飞追逐。其间,它们清凌凌的鸣叫就随着飘飞的羽毛落下来，落进行人的脖颈里，落进牛羊奔走的脚步里，落进你我逐鸟鸣而行的喜乐内心里。就这样，蜿蜒的山路不再崎岖，迷蒙的远山渐次清晰，就连山道边弥漫的野花，因鸟鸣而绚烂，因鸟鸣而清灵。及至冬日落雪，玩味鸟鸣更是一项奇趣。

　　这些时日，你无需早起，和着屋舍内暖暖的炉火，待整个身心灵动过来，整衣而出，庭院里的高树已少缺了浓郁的阴翳，只见枝丫突兀，手臂一般直指高远的穹苍。除了椿树高处的喜鹊窝，很少有鸟雀将巢穴安置在突兀的枝丫上，它们大多移居在低处的屋檐下，抑或向阳土坡的缝隙间，毕竟，鸟儿是有着灵性的，鸟儿亦是知冷暖的。等待冬阳顺着屋檐抑或庭院的土坡流泻而下，鸟群们才会扑棱棱而下，落在屋脊上，落在庭院的空地上。若是贪玩的孩童们撒了谷物在空地上，鸟雀们则会相互追逐着，争抢着，叽叽喳喳，纷乱而又繁忙，那鸣叫，真是令人欣喜。

　　而如今，村庄远了，老屋远了，萦绕在老屋上空的鸟鸣远了，我们就像鸟雀翻飞的翅羽划在浩渺空域的弧线，随时间幻化在记忆的穹苍深处，唯有鸟鸣留给我们的渴念，催促着蜗居小城的脚步，寻找鸟鸣。

　　远山的丛林，近旁的公园，便是我和孩子们常去的乐园。那里，的确还有鸟鸣，只是鸟儿们那么怕生，怕惊扰，或许是城市行进的脚步太快，或许是我们找寻鸟鸣的目光过于急切。阳光静好的午后，我会安卧在远山丛林的草坡上，一任鸟鸣安谧，暗自思忖，这些鸟雀是从四面八方的村庄迁徙而来的吗？它们带了村庄的地气么？若是，又为何躲避来自村庄聆听的耳鼓呢？而若这里原本就是它们生息栖居的家园，还会对家若即若离吗？

　　澹澹鸟鸣，给予生命的仅是一方记忆的水墨图画么？

　　鸟鸣澹澹，是否还能激起我们叩问灵魂的波波涟漪么？

　　　　　　　　　　　　发表于2016年12月20日《中国教师报》

通往春天的小桥

一座木质小桥手臂一般安静地从村庄的尽头伸展开来,将村庄与山外的世界连接起来,而小桥下面则是一条终年流水淙淙的小河,虽是小河,但没有了桥的存在,任何一条河流都将阻断前行的脚步,让我们望"河"兴叹。在我的村庄,小桥的故事真实地存在并流传着,并不神秘,但对于外面七彩世界的了解,我们只能通过小桥带回来。

那是上世纪八十年代中期,一场罕见的大雨过后,斜倚在村庄崖畔的唯一一条羊肠小道随同浑浊的泥水流走了,人们通往山外的梦想就这样在一夜之间被阻隔了,羊群望着村庄对面蓬勃的青草一声接着一声地咩叫,孩子们望着白杨林摇曳的杨树无奈地摇头,赶了驴车运粮的父辈们向着山外的方向声声叹息,面对这些,什么能够将人们的梦想重新放飞在重重大山之外呢?唯有搭桥通路。

三天后,村民们自发组织,在村委会经过一番商议后,决定自力更生搭建一座木桥。就这样,有麻袋的提供麻袋,有砖块的提供砖块,有木料的提供木料,没几天时间,搭桥需要的材料就堆放在了村庄的出口，人们自觉地分成几拨，运砂石的，铺地基的，刨木材的，白天干活，晚上聚在村委会大院完善修建计划，没过一个月时间，一座木质小桥出现在了村民喜庆的欢颜中，人们敲锣打鼓，庆贺小桥完工。从此，一切恢复了往日的热闹，只是，聚集在村口的大人小孩比以往更多了，他们喜欢围着村口歪了脖子的大槐树下谈论搭桥的故事，也说一些开怀的玩笑，也不知是谁在槐树粗壮的枝丫间挂了一块牌子，写着"爱心共建，生命小桥"，用红布绾结着，风吹起来的时候，哗哗地飘动着，那样耀眼。枝丫间流泻而下的阳光搅碎在大地上，投下斑斑驳驳的碎影，闪闪烁烁，像爱，散发着金光。

就这样，桥的概念第一次深刻地印进我童稚的记忆里，通过那座小桥，父亲带我见识了山外的集市；通过那座小桥，母亲带我热烈地拥抱了山外灿烂的春天；通过那座小桥，我和姐姐带回了饥馑年月的第一篮野菜；也是通过那座小桥，我真实地走进了校园。隔桥相望，我完成了小学学业，并顺利地进入了初中，而后师范，虽也艰辛，但通过小桥，我真切地认识并走入了社会，找到了乐意为之奋斗终生的工作。

而今，我南来北往，乘火车或自驾车走过了多少大大小小的桥，见识了桥的多姿多彩，了解了桥的形态建构，也目睹了建桥者所抛洒的辛劳与汗水，但没有哪座桥能替代"生命小桥"的朴实无华，没有哪座桥能在夕晖静穆中带给我更多的遐思与念想，没有哪座桥能够让我一而再，再而三地返乡，抚慰心中难眠的渴念。

如今，小桥老了，似父辈们干瘪的手臂，孤独地矗立在村口，像一句箴言，朝傍依的宽阔硬化公路诉说着什么，更像一个人内心日夜不息的牵挂，向着远方守望！但我真实地知道，没有任何一个经历了生命饥渴的人能够忘记小桥曾经在内心深处激荡的涟漪，没有任何一个人能将感恩的情怀轻描淡写，也没有任何一个人能将小桥带给我们的那个灿烂如霞的春天忘记！

通往春天的小桥，夜夜都在我的梦里，陪同我们走向生命的下一个春天！

发表于2015年7月3日《桥梁建设报》

夜色包裹了的村庄

久居乡下的时候,闲来无事,总喜欢独自爬上环抱村庄的南山。说是山,比之真正意义上的山,却少了些奇险,多了一份平缓的温柔。山根的底部是一条瘦弱的河流,终年流淌着一股清澈的河水,明亮里泛着细碎的波浪,很有些淑女的情怀。而我的村庄恰恰就坐落在这平缓的怀抱与河流之间。常言道,有山有水就是好村庄,自然,我为自己在这偏远的高原一角,拥有这样一个村庄而常常独自窃喜。

大多时候,爬上南山,夜色还没有到来,只见归家的夕阳似一面烧红的铁饼,缓慢移动着,拐过山顶的那一刻,倏忽一下加快脚步滚落了下去,山那边的人是否接得住,就不得而知。这时候,就有成群的鸟雀像云朵一般,从山那边飞来,在村庄的上空盘旋、徘徊、俯视。

村庄终年被枝叶繁盛的树木笼罩着,尤其是那些高大的杨树、椿树,枝头上结满了鸟雀的巢穴,大大小小,形态不一而足。落脚的鸟雀也杂七杂八的,除了常见的灰雀、斑鸠,更多的是饱食终日的麻雀，叽叽喳喳，为村庄增添着快乐的乐曲。远山九曲回肠的小道上，晚归的牛羊把挂在脖颈上的铃铛摇得脆响而又悠长，一声，又一声，穿破夜色的迷蒙，送回小河这边的村庄里。不久，夜色巨大的幕布就笼罩下来，铺展在瓦檐上、场院里，以及孩子追逐嬉戏的衣衫里。

说到场院里捉迷藏的孩子，他们是村庄疲惫一天之后快乐的源泉。三五成群，其中不乏有领导才干的，在他们的精心密谋下，将队员们分成几个小组，一番规划后，藏的藏，找的找，展开一场浩大的游击战。房前屋后，树林中，草垛里，洋溢着纯真的笑语，胜败在他们眼里，只不过是一次角色的转换罢了，没有实在的功利，因此常常玩到深夜，直至听到三两遍唤归的叫声之后，才匆匆忙忙赶回家。这时候，远眺村庄，已是处处灯火，借着月色，只见炊烟袅袅，婀娜盘旋，整个村庄弥漫着干净的草木香味……

而今回想起来，快乐的时光总是转瞬即逝，就像童年的车轮，一旦滚过去就永不复返，唯有留存在记忆深处的花絮般的影像，温暖着余生。这些年住进小城逼仄的楼宇，除了夜夜明灭闪烁的霓虹，和暗夜里咆哮的机器轰鸣外，已难感受到夜色包裹下的村庄的安谧，和安谧之外温暖的鸡鸣犬吠。或许，这就是城市和乡村在本质上的差别，这也成为我择机返乡的唯一理由。

独享被夜色包裹了的村庄之美，是我余生最大的热望，就像人的一生，总有一些纠缠不清的爱，在脉管里徘徊。

发表于2012年第1期《教师博览》

父亲随想

每每想起父亲,给我印象最深的,就是沉默,也只有沉默。

的确,父亲是一个沉默寡言的人。或许,在这沉默的背后,深深地蕴含着父亲对生活的热爱,对儿女的挚爱以及对沉重生活的无限忍受。

父亲经历过新中国历史上最为艰苦的岁月。做过村社记账员、仓库保管员、护林员,挖过石头,炼过钢铁,在忍饥挨饿中,用布满老茧的双手支撑起了这个家,因此,父亲懂得用沉默言说。

上世纪八十年代,我来到了这个世界。六岁开始读小学,那时的农村生活,已有了翻天覆地的变化,然而父亲已上了年纪,加之母亲重病,使原本拮据的生活更是雪上加霜。但坚强的父亲,没有向生活的艰辛低头,默默地,依旧靠繁重的体力劳动供我上学。

十五岁,我顺利考上了师范。父亲沉默的脸膛上,还没有来得及绽放出幸福的笑容,便被高额的学习费用,还原了沉默的本色。

那年秋天,我进入了师范学校,父亲陪我一同去报名。开学后的第一个早操,当我以唯一一个身着中山装师范生的面目出现在晨操队伍中的时候，站在操场角上的父亲，默默地，默默地背转过身去，那一刻，我知道父亲内心坚强的防线崩溃了，准确地说，父亲哭了。那泪，是酸楚，还是幸福？

那一幕，我没有向任何人说起过，但我会铭记终生。因为寡言的父亲，让我懂得了沉默的真谛。

而今，身为人父的我，工作已有十余年，家庭生活有了不小的变化。前段时间，单位放假，我回家看望父亲。临行前，父亲什么也没说，只是佝偻着身子，默默地，陪我走了好长一段路。在村口拐弯的时候，父亲站在场角，扶着一棵榆树粗糙的躯干，用力地咳嗽了几声……

那一刻，我多想说：父亲，请回吧！儿子深深知道，在您沉默的背后，一定是无言的大爱，就像漆黑的夜里，擎起的一盏明灯，照亮我人生前行的脚步……

发表于2012年4月30日《未来导报》

春光慢

春光慢。

品味一段慢的春光，亦需要慢的心境。

午后，浓郁的阳光穿过杨树遒劲的枝干流泻下来，粘附在窗棂上，几只鸟雀兀自在高处的枝干上啁啾，我斜倚在临窗角落的藤椅里，藤木茶桌上置放的香茗茶杯里茶香氤氲，袅袅娜娜地飘散着，像丝丝缕缕的念想，向着故园所在的方向荡漾开去。

此刻，故乡的春光应是醉人的。

村口的桃花必是开了。散散漫漫的，像娘绣在我肚兜上的粉荷包，此一朵，彼一朵，顾盼生情。桃花树下，必有我的乡亲们拢在一起，闲聊着，土地刚刚醒过来，还没有足够的力量承受种子萌芽的冲动，他们自然闲着，闲着也就是闲着，倒不如三五成群地聚拢在一起，说一些春种秋收的话，抑或谁人家的孩子实现鲤鱼跳龙门之后的欢愉。

对于桃花树下的女人们来说，她们对生活的热情总是比桃花更加灿烂，新换了的服饰，新绣的鞋垫，刚嫁出去的闺女，都是她们常新的话题，相互说笑着，拉扯着，似乎那笑声早就藏匿在桃花馥郁的蕊里，只是开口的瞬间桃花替她们说出罢了。

至于孩子们的快乐则更是绚烂如花，隐藏在一树树桃花背后，密不出声地做着弹球的游戏，他们对幸福的定义永远都是天气晴好，而能心无所思地身处阔大的场院里，这就是童年，我们生生牵念着的童年。

村口向外，便是阡陌纵横的村野，一页页田畴，像一部部大书，安静地躺在大地的胸脯上，等待着一场细雨来润泽心怀，而后，在耕牛慢节奏的响声里被耕耘成一行行仄仄平平的诗，每一行诗中，都藏蕴着一个温热的梦，每一个梦里，都裹挟着一颗向上的籽粒。

田畴之外，是远山，远山之上，是地脉涌动着拱出土地的草芽，鲜鲜嫩嫩的，在春光里肆意地悠闲着。慵懒的牛群，择一处平地，斜睨着眼眸，安静地躺着，反刍着昨夜的梦里，是谁的殷勤打断了它的梦呓，和梦呓里那一处水草丰茂的水洼地。而羊群永远都不会安分下来，刚刚还本分地吃食着草芽，猛然间，其中的一只箭矢般向远处的崖畔奔去，其他的羊群则在短暂的回味之后，集体跟随着，奔向了崖畔。

这个时候，牧羊的长者，总是手捋着胡子抿嘴而笑，并不扬起手中的牧鞭，他知道羊就像跟在身后的童孙一样，总是天性顽皮，装作不理会后，反而会猛然间扬蹄回来。这些时候，谁不会会心地笑呢？这自然的灵物，大地上跃动的音符，正是它们，连接起了人类的思考与自然的无畏。

暮晚时分，若有一场雨洋洋洒洒地飘起来，村庄就像一位蒙纱的少女了，羞羞赧赧地，偎依在群山合围中。青青瓦舍，袅娜炊烟，缀饰其间的昏黄的灯光，母亲唤归的呼唤，悠悠中归圈的牛羊，一切按着时光的针脚，皈依在各自温暖的巢穴里，包括那些背负了雨水斜斜擦过屋檐而去的鸟雀，晚归中，也不忘剪一幅速写的画，贴上夜色的帷幕……

慢的时光，总是孕育出浓郁的春色，葳蕤的春色里，总是生长出悠悠的念想——故园的春光慢。

发表于2017年3月2日《衢州日报》

秋阳正浓

午后,秋阳浓郁,散漫的光线照耀着小城的每一处角落,使人不免浑身充满痒痒的暖意。于是,携妻带女来到体育场,玩乐之余,读几页书,心中自是安逸。

偌大的体育场,人流如注,或许是这散漫如牛毛的阳光,激发了每一个人内心阴郁了很久的欲望,大人,小孩,男人,女人,踢球的,打拳的,练自行车的,追逐嬉戏的,甜言蜜语的,侧身仰卧的,吊环拔腰的,此刻,每个人都将疲惫已久的身心交给了自然,交给了久别了的渴望与热爱。

而我,则把自己交给了一本书,一抹秋阳,一份静谧。

书是前几天从书店淘来的,花了一个早上的时光,俯身弓腰从挤满了灰尘的书脊中奇迹般发现的——史铁生的限量纪念版散文集《我与地坛》。沿着塑胶跑道漫步而行,我选择了一处安静的角落,坐了下来,打开书,一缕缕干净的墨香散发而出,飘着久违了的味道,一字字,一句句,一个场景,一段岁月,缓慢地从我的目光中走过,从我的心底里漫过,从我的生命感悟中掠过。冥冥中,我似乎看到，这位孤独的老人，独自摇着轮椅，一遍遍穿行于废园之中，从寂寞的时光中品咂出诗意，品咂出生活的真谛；我似乎看到，这位心怀善念的老人，一次次独自摇车，在小院之外向着枝叶浓密的合欢树张望；我似乎看到，这位坚强的老人躺在病床之上，向着死神微笑致意……

猛然抬首，黄了的柳叶，打着旋，无忌地落着，风悠悠地吹，像灵魂出窍的人，一点一点把自己推向远方，几只鸟儿，集体鸣叫着，从明亮的天空中低翔而过，划出一道道美丽的弧。这弧，多像生命成长中的那些疼痛，被秋阳照亮……

能被照亮的，就一定有着金属的质地，我禁不住对自己说。

发表于2013年11月3日《雅安日报》

感恩麦香

又是七月麦黄时，每到此时，每每就有金黄的麦浪在梦中翻滚，缕缕馨香浸润着五脏六腑，整个内心充盈着如魂的麦香。

麦香如魂，源于我对饥馑年月的深刻记忆，以及对一顿饱餐的热烈渴望。

我出生于上世纪八十年代初，据父母说，我出生的那年秋季，我们这里的土地才下放到农户手中，由于农民们有了自主权，加之勤奋劳作，每家每户的日子逐渐好转起来，但因我家祖上人口众多，父辈弟兄六人，姊妹九人，即便是土地产金，分发到我们手中的时候也就微乎其微。因此，每到开饭时刻，我们就端了破旧的小碗，围着锅台抢汤喝，说是吃饭，实则只有大半锅清汤寡水的杂面糊，清到房顶的影子随着勺子在锅中旋转，也就是这些面糊，和着积攒下来的有限的红薯片，在饥馑的岁月里把我们拉扯大了。

到九十年代初，我们才吃到了真正的粉白的面粉，母亲擀的面条，和着青菜，撒一把盐，整个厨房便飘出一股浓郁的清香，吃到嘴里柔津津的，舍不得一口气咽下去。这样的吃法，不是每顿都能有，也就只有在节日或者年末岁初的时候，才能集中享受到几顿。

因此，吃一顿散发着麦香的小麦面条成了我人生中最初也最真的奢望。直至今日，我依然对面条情有独钟，或许，这就是和麦香最真切的缘分吧。

和麦香结缘，当然还有我长期生活在农村的缘故吧。

每到六月，也就是大暑将至，整个高原大地，麦浪滚滚，馨香入魂。这个时候，房前屋后的麦地，放眼望去，一片金黄，似乎每一枚麦穗上结出的不是密密匝匝的麦粒，而是一串串黄金打造的饰品，迎着风，摇曳身姿，将成熟的馨香播撒到辽远的空茫里，那样浓郁，那样沁人心脾。落日熔金，一个人带了满心的期待，坐在麦地深处，抚摸一株麦子，从麦芒到结实的籽粒，从麦叶到秸秆，从秸秆到深埋在地下的根系，就能感受到一株麦子成长的历史，就能感受到一株麦子馨香的渊源。那是经历了风吹日晒的成熟的馨香，那是寄予了热切厚望的馨香。每一次呼吸，每一声呐喊，麦子都会记忆，都会当成生命中成长的养分，到了最后，除了奉献给大地以成熟外，还和盘托出体内积聚一生的馨香。因此，麦子的一生，是朴实的一生，奉献的一生，直到呈现在饭桌上，依然能够尝出阳光的味道，馥郁而又热烈。

虽然，随着生活的变迁，我住进了小城，但每到六月麦子成熟的季节，我总会抽空到郊野的田间地埂里走走，不为游玩，我是一次又一次俯身，将灵魂贴近成熟的麦穗，用鼻息表达我对一株麦子的热爱与感恩，感恩麦香，感恩麦香中饱含的阳光的味道，让我的一生，在麦香与阳光的陪伴下，绽放出生命灿烂的光华。

发表于2014年7月4日《桥梁建设报》

鸟鸣洗亮的晨昏

倏忽一声鸟鸣,村庄就醒了,醒在如洗的明亮里。推开门,阔大的场院里,早醒或者昨夜根本就没有睡去的牛静默在草檐下,眼眸安详,耳朵低垂着,两片宽大的嘴唇相互磨合着,反刍着未尽的美味。觅食的鸡群,从后院冲过来,转向的时候就有两三只滑倒在檐边的石阶上,似醒非醒,在原地打几个转,又紧跟了上去。这样的时候,我就顺势坐在石阶旁,看着它们的行踪独自发笑,其实生活就是这样,在笑声中迎来的总是充满新奇的一天,也是快乐充盈的一天。

慢慢地,就有风拂过庭院高墙上的丛草,将一声声明亮的鸟鸣送下来,没有风的时候,鸟鸣就顺着高大的槐树枝丫溜到瓦片上,跌落在场院里,草垛间,潮潮润润,洇湿房前屋后的每一片土地和树木,以及寄存在屋檐下几近锈蚀的犁铧。顽皮的鸟雀,在枝丫间相互追逐着,间或啄到哪一只的羽翎上,带霜白的羽毛就飘飘悠悠落下来,或者挂在枝杈间,引得路过的猫咪望着高大的槐树一阵艳羡。事实上,生活很多时候就在不经意间完成着一幅幅图画,只是我们的脚步太过匆忙，缺乏目光和心灵的镜头。

　　在村庄，安静的时候算是午间。鸟雀们也是灵性的动物，似乎懂得体谅人们的辛劳，集体飞到了田间地头，留给村庄片刻的空白。而黄昏来临之前，则是鸟雀们最为热闹的集会。它们翻山越岭，背负着一天生活的全部，赶赴巢穴。残余的夕晖洒在翅羽间，洒在飞翔的跃动间，洒在丢落的每一声鸣叫里，洒在晚归的暮色里。这时候，顺着夕晖逝去的方向，你就能看到鸟群在天空的经页上书写生活的文字，它们用身影谱写着回归的温暖与惬意，等它们归巢了，夜晚也就真正开始了。家家户户掌了灯，锅碗瓢盆撞击的声响，唤归的悠长叫声，牛羊归圈的唤草声，堆积农具的叮当声，交相辉映，似乎整个村庄在上演着隆重的戏曲。卸下一天最后的忙碌与辛劳，之后，就有月亮翻过山巅，浮在杨树修颀的枝梢，将月光的水银流泻下来，粘附在窗棂门楣上，一寸寸润湿着夜色。

　　由鸟鸣洗亮的村庄是一本厚重的经书，翻开来，每一页都散发着馥郁的幽香，只是，时光能带走一本书籍，却无法载动一个村庄。在我生命的长路上，鸟鸣渐远，村庄渐远，因为我孱弱的人生难以背负鸟鸣的经文而前行，惟有念与思。

　　　　　　　　　　　　　发表于2014年12月5日《桥梁建设报》

村庄的眼睛

河流是村庄的脉管,婆娑树影是村庄的灵魂,那些默不作声、汩汩流淌的山泉便是村庄的眼睛,它们辰星一般照耀着村庄的每一个暗夜,养育着辽阔大地上的万物生灵。因此,面对一眼眼山泉,犹如面对一双双澄澈碧蓝的眸子,给人永生的依恋与牵念。

山泉总是依山而生,镶嵌在山崖的某一凹陷处,傍依一条或深或浅的沟壑,沟壑里长满了树,常年绿影摇曳,山泉的眼眸就明明亮亮地守望着深邃高远的天空。每到晨光熹微,山泉就和村庄一同醒来,牛铃声和着鸟儿湿漉漉的鸣唱,似乎还带着静夜的安谧,梦呓一般飘扬在村庄的每一处罅隙,四处弥漫的雾霭袅袅娜娜地向着高处攀升。这时候,挑水的人们肩挑水桶,不紧不慢,穿行在浓郁雾霭的掩映里,每个人似乎都蒙上了一层潮潮润润的面纱,但这并不影响他们之间惬意的交谈,庄农的话题,时令的变化,以及前天飘过山巅的雨云都是他们谈论的内容。这不,早起的女人已挑满了水桶,三三两两拐过弯曲的山路,累了的坐在山崖边小憩,红毛衣就像开在崖畔的花朵,隐隐约约里透亮出几分明丽。等到雾霭尽散,阳光的箭镞齐刷刷地穿过杨树浓密的枝叶,投射在小路上,现出斑斑驳驳的碎影,银币一般闪耀着光芒。远处的田野里,耕牛应着主人的吆喝,正在划开大地斑斓的肌肤。这时候的山泉,清澈透亮,阳光的斑点闪耀在泉面,风起处,又褶褶皱皱地荡漾开去。舀水的时候,伸长了臂膊,臂膊的影子,人的笑脸,就完完全全地映照在泉水里,一勺下去,碎了,在勺子里的水倒进桶子的空当,泉面又恢复了平静。其实,取水的过程,木勺舀起的不仅是水,还有整个的自己和心情。因此,山泉就是一面被时光磨亮的镜子,映照出大山的纯真与山民淳朴的情怀。

而今,村民们都已饮上了自来水,水管就在自家的小院里,方便快捷,少却了肩挑取水的环节,在舒适惬意的同时,却让人的内心平添了一份惆怅与期待,因为山泉还在,澄澈还在,通往山泉小径上的野花还在,村庄却越来越空,人越来越少,三三两两并肩挑水的情景越来越远,就像一场经年的影片,在记忆的河流里日渐泛白。久居小城的日子,多少回在梦中,我与山泉相拥,与那一捧清凉相拥,与那一段山路相拥,梦醒后,我知道是自己与自己难舍的乡村人生相拥。于是,多少个月上柳梢的初夜,我就倚窗凭栏,向着村庄所在的方向张望,我多么期待,我的目光能与村庄的目光相遇,让山泉的眼睛照亮我内心的饥渴,让未来的日子,溢满山泉的水意……

发表于2015年7月17日《新青羊》

檐雨声声

眼下已是六月麦收时节，而高原人们盼雨的心情，就像这广袤的阡陌田畴之间坚挺着腰身的玉米林一样，渴盼着一场润泽心灵的雨水。

雨水能够润泽心灵，雨水更能使目光生根，在这干旱的高原之巅，我的故乡正在经历着一场祈雨的梦想之旅。

而昨夜，一场雨，酣畅淋漓地落在了村庄，落在了大地干旱的心窝。推窗而望，烟雨朦胧中，次第亮起的灯，多像一盏盏点亮暗夜的花朵，晶莹透亮，开放在六月的深处。

这个时候，借一把竹椅，一枚灯火，一杯弥漫淡香的清茶，一本周国平的《人生哲思录》，安静地进入一个人飘逸清香的内心。"在灯红酒绿的都市里，觅得一粒柳芽，一朵野花，一刻清净，人会由衷地快乐。在杳无人迹的荒野上，发现一星灯火，一缕炊烟，一点人迹，人也会由衷地快乐。自然和文明，人皆需要，二者不可缺一。"这样的文字，给人的不仅是内心的安静，更是对灵魂的抚慰。人类文明的飞速进程，不可否认地加速着对土地的侵蚀，广袤无垠的荒野，生长在荒野之上的柳粒、野花，不也正被鳞次栉比的高楼所掩盖么？在追求现代文明的同时，人类正在经历着对原始文明的覆盖。

"人及其产品把我和自然隔离开来了，这是一种寂寞。"的确如此，寂寞正在不可抑制地进入每个人宁静安谧的内心世界，面对这种境界，我们能做的，唯有在几近封闭的内心打开一扇窗，一扇属于自己的窗，通过这扇窗，播撒爱，播撒温暖，播撒阳光，播撒雨露，久而久之，收获回馈自我心灵的风景盛宴……

此刻，窗外雨声连连。

"久住城市，偶尔来到僻静的山谷湖畔，面对连绵起伏的山和浩淼无际的水，会感到一种解脱和自由。然而我想，倘若在此定居，与世隔绝，心境也许就会变化。尽管看到的还是同样的山水景物，所感到的却不是自由，而是限制了。"久居闹市的我，今夜，在故乡，我无所顾忌，我要把自己繁闹的灵魂，安放在村庄弥漫馨香的雨声中，安享自然之福……

发表于2014年9月19日《张家界日报》

寂寞的冰草

对于生活在黄土高原之上的人们而言，对冰草这种司空见惯的植物已是习以为常，尤其是我那些长年劳作在乡野里的乡亲们，对于冰草，更是有着难以言状的憎恨。

然而一次无意的漫步，却让我对这种植物产生了深切的同情，甚至崇敬。

隅居校园久了，不免有想到外面走走的冲动。这是个阳光柔和的午后，由于闲暇，我漫步至依校而居的山坡上。此时正值霜降时分，高大的白杨林，落光了叶子，把光秃秃的枝干利剑般刺向高远的天空，像是对深邃天宇诉说着不满。山毛桃的叶子，依旧绿着，但很是脆弱，触手而落，一阵觅食的鸟雀飞起，哗啦啦落了一地，多像是一地缤纷的词语。漫步其间，让人真实地感受到了季节无可挽回的更替，以及随之带给人的淡淡的感伤。

我俯下身，在一块冰草丰茂的地埂边坐了下来。那些冰草的草叶，开始干枯，像是把生命中的全部绿色，已完整交付给了生她养她的大地，还有身边熟悉的事物。更让我感到惊讶的是，一阵秋风过后,她们以集体的力量,依旧保持着向上的姿态,似乎高原的天空里才有她们孜孜以求的信念。细长的叶子,干枯但却坚韧,似乎用尽生命中的所有力量,挺直了身躯,抵抗着荣枯更替的命运。

我不禁想,在大西北,在黄土高原,这种卑微的植物之所以呈蔓延态势生存下来,她们一定学会了随遇而安,学会了在贫瘠的大地上寻找养分。这才使得她们以强劲的生命力,为高原保住了一份绿色,保住了一份令人肃然起敬的生命力量……

天色向晚,我起身往回走,在路上,我禁不住问自己,冬天将至,在这生命力接受巨大考验的严寒里,那些冰草干枯的身躯能否抵挡得住寒冷的侵蚀?但我旋即又想,她们细若游丝的毛根,一定咬住了春天的脉管,面对漫长的冬天,她们将不再寂寞……

发表于2013年3月7日《西海都市报》

澹澹月色润心扉
——夜读周国平《人生哲思录》之关于生命感悟

静夜。月色澄澈。

澄澈的月色,从高大的洋槐树浓密的枝条间流泻而下,泼洒在大地无垠的辽阔里。那些隐秘草叶深处的虫鸣,暗暗里,说着六月的情话。风迈着细碎的脚步,像一个隐藏身份的夜行人,在窗口的不远处,走来走去,更像是隐忍着内心的秘密。

此刻,唯有远山,在静谧中,突显着健壮的骨骼,和着寺院辽远的钟声,谛听苍茫天宇里星子明灭有致的对话。

而我,就深陷在临窗的藤椅里,借着这天宇点亮的星灯,读一本书——读暗藏在一个人内心深处跃动的思想。"生命是宇宙间的奇迹,它的来源神秘莫测。是进化的产物,还是上帝的创造?这并不重要。重要的是用你的心去感受这奇迹。于是,你便会懂得欣赏大自然中的生命现象,用它们的千姿百态丰富你的心胸。于是,你便会善待一切生命,从每一个素不相识的人,到一头羚羊,一只昆虫,一棵树,从心底里产生万物同源的亲近感。于是,你便会怀有一种敬畏之心,敬畏生命,也敬畏创造生命的造物主,不管人们把它称作神还是大自然。"多么令人感动的文字，如涓涓细流，流淌在这涤净浮华的暗夜，流进你我安静的内心。真的，拥有生命多么美好！不管这生命起源于何，终归于何，而现世的拥有，就让我们足以自慰，自慰于这茫茫天宇之间，我们有足够的时间，心怀善意，看众鸟翻飞，阅春秋冬夏，聆听季节吟唱，感念时序更替，从一头羚羊，一只昆虫，一棵树，感知万物灵动，生命崇高……

因此，心怀善念，是我们在尘世最好的诠释。没有人能够远离生老病死，但我们一定能够远离暴力与邪恶，珍爱自我，用心中无垠的爱温暖尘世的每一个黎明，用呵护春天的手呵护每一朵花叶，用热爱阳光的心情热爱身边的每一个人。在欷歔的时候学会理解，在失意的时候学会宽容，在放纵的时候学会内敛，在一次又一次失败的时候，学会牵念，毕竟在有限的年月里，活着是最幸福的，也是最自足的。

看，窗外的月色依旧如水般流淌；听，低语的虫鸣依旧在深情吟唱。大地安宁，旷野安详，一颗划过天际的辰星，向着黎明的方向，在深邃空旷的夜空，留下静美的弧线，童话中，那就是生命流逝的胎记！

这夜，月色澹澹，书香淡淡……

发表于2013年11月12日《未来导报》

五月，夏唇轻启

如若说季节是一位轻纱曼妙、朦胧袭人的女子，春日当是她青春懵懂、娇羞欲滴之时；而烂漫夏日，正值朱唇轻启、亭亭玉立之际；及至秋阳迷离，则未免有成熟之后的老气横秋。于是，绚烂五月，方是荼蘼花盛、令人珍爱的好时节。

漫步初夏的林荫小道，阳光正好。风已少缺了春日的匆忙，不疾不徐，拂着柳梢，吻着草叶，钻过衣领，穿过袖口，暖暖的，融融的，让你欣欣然开怀，寂寂然沉思。远处花草迷乱，随风摇曳着腰身，似乎悠悠然诉说着久违的往事，令人不禁心旌摇曳，顿生青春念想之情。而近旁的麦田，正在不慌不忙中努力拔节，每一株都攒足了劲向着阳光浓郁的方向生长，田田的麦叶，悠然墨绿，身体中仿佛流动着浓郁的琼浆，向着拔节的籽穗日夜行军，好在盛阳照耀之时形成饱满诱人的籽粒。借着麦田近旁的小道，俯身，眯缝起双眼，仿若听见琼浆流动的声响。怪不得荷锄而立的农人，斜倚着田埂边的株树时会有一副满足迷恋的神情，其实于他而言，他早已是听懂了麦子在清风中诉说的语言，他懂得麦子在每一个时节的心理，于是，他沉浸其中的不是盛夏时颗粒归仓的自足，而是麦子成长中的分分秒秒，就像他们日夜辛劳的日子一样，辛劳惯了，披星戴月也是一种默然的享受。每每在这种境地，我总是安静地坐在一株麦子近旁，不言不语，远远地望着麦田和农人在静默里对话，在静默里，完成生命成长的阵痛与交换，他们都是喂养了我、拉扯了我的恩人，惟愿这些拙劣的文字能给大地以慰藉，给生命以延续。

午后的时光，最好能有一段闲暇供你小憩，不是迷恋床榻，而是沏一杯清茶，就着庭院的一角，看蔷薇花开，听藤蔓絮语。蔷薇必是自种的，顺着庭院的短墙，抑或屋檐的一角，藤蔓相互缠绕着，咬啮着，缠缠绵绵地流泻下来，精致的花朵从藤蔓的空隙里挤出来，哂笑似的，向着你的眼眸张望，馥郁的香气顺着层叠的花瓣流溢出来，氤氤氲氲的，弥散在暖风中。高墙上的鸟雀，冷不丁丢下一声脆亮的鸣叫，振翅躲闪到槐树密不透风的高枝上，兀自濯洗着羽毛。这种时候，轻启杯盖，啜饮一口香茶，你品咂着的不光是缕缕茶香了，更是夏日如诗如画、难言难语的诗意情愫。顺着藤蔓肆意生长的，不光是自家的花枝，还有邻家地丝瓜藤、葡萄架，葳葳蕤蕤，它们总是不分你我地独自茁壮生长着，及至结出丰腴的果实，依旧会不分你我地摘食。真的，在乡下村庄，植物没有性别，果实不分你我。我有蔷薇，你有丝瓜，一墙之隔，互通有无，我食几枚瓜，你赏几束花，邻里必是和和睦睦的。在我的故园庭院，就有邻家的牵牛花，每到夏日，浓浓郁郁地缠绕在我的窗棂前，给人慰藉与欣喜。

而初夏的夜晚，最好是黄昏时分落过的一场雨，洋洋洒洒却不要疾风骤雨，就那样随性地落着，雨珠顺着屋舍瓦檐落下来，有着叮叮咚咚的声响，却并不扰人。借着对屋的灯光能够看清雨滴滑落的轨迹，悠然恣意。而这种境地，斜倚在床角，随手拿过一本旧书，安静地读着，不求领味多少，单就这雨声，便能给人以心灵的润泽了。

窗外，正是雨声连连，而你我，是否该起身打捞起五月村庄的文字，记忆故园朱唇轻启的迷离光景了？

发表于2017年5月4日《固原日报》

第三辑 远去的物事

鸟窝会给予人一种生命的姿态,叫作仰望。

——《仰望鸟窝》

苜蓿飘香

又是一年春草绿。站在山间向远处的山野望去，满眼充盈着无垠的绿色，这其中，少不了大片大片的苜蓿破土而出，钻出地面的嫩芽儿在风中闪耀着诱人的光彩。

我出生时，农村刚刚实行土地包产到户，自打记事起，家里的生活就一直很是清贫。父母整日里面朝黄土背朝天，通过辛劳的双手向土地索取着少得可怜的回报，家里的主食除了洋芋之外，每到春天，苜蓿菜就成了我们饭桌上的主要蔬菜。

那时候，我总是跟着父母一同上地，看着母亲在完成了一整天艰苦的劳作之后，在赶回家的路上，路过一条小河，在河边生长着茂盛的苜蓿的向阳洼地里，母亲匆匆走进苜蓿地，俯下腰身，来不及挑拣，随手拔了大把大把的苜蓿芽，顺势扯起衣襟，而后，一手捂着衣襟里的苜蓿芽，一手拉了我慌慌张张地赶路。如果回家太晚，又遇到没有月光的晚上，在没有煤油灯、蜡烛等照明设备的年代，一家人的晚饭就只能借着炉膛里的火光来完成了，因此，母亲为了不摸黑，赶起路来总是急急忙忙。回到家，母亲便吩咐我和姐姐拣菜，将夹杂在苜蓿嫩芽中的杂草挑出来，然后，将苜蓿芽倒入滚烫的开水锅里，翻滚几个来回，借着丝丝缕缕的水汽，就能闻到苜蓿芽令人馋涎欲滴的清香。出锅后，母亲顺手撒了盐粒，还未搅拌均匀，我和馋嘴的姐姐便拿了木筷偷偷地夹了送入口中，那种香味，是透彻肺腑的。现在每每回想起来，总是令人不能释怀。

后来，稍大一点年纪了，我和姐姐便接替了母亲拔苜蓿芽的任务。阳光浓郁的午后，父母上山下地干活了，我和姐姐提了竹篮，沿着绳索一般的山路，在山野的苜蓿地里拔苜蓿嫩芽儿。漫山遍野的狗尾巴花绽放着火柴头样的骨朵，害羞似的，似开未开，只是那红色，让人有了喊山的冲动，于是，整个山峁梁峁回荡着我们童稚的叫喊……

再后来，随着时代的变迁，苜蓿芽已不再是司空见惯的家常菜，而是作为农家菜出现在饭店酒席之上。但是于我而言，每年春天，晴好的周末，我和妻子还是会带了孩子返回乡下老家，随意走进任意一块阔大的苜蓿地里，拣了嫩好的苜蓿芽，拔回来一大包一大包的，烹调了和父母一同分享。事实上，我们不仅是将苜蓿作为菜肴来品尝，还是对饥馑年月的一种怀念与记忆，是对一个时代的念想与对父母辛劳人生的感恩！

因此，每每望着辽阔的山野里闪耀着诱人光彩的苜蓿芽时，我总会俯下腰身，用眼睛，用双手，用鼻息，表达我对苜蓿的敬畏。

发表于2013年3月22日《未来导报》

老了的河流

多少回，我暗自思忖，河流一定是有年龄的，就像站立在村口的那棵老槐树，虽已枯朽，却仍旧坚持站立的姿势，其实，它已经不是一棵单纯的树，而是一处站立着的风景，昭示着岁月的轮回与无情。绕着村庄流淌了三十年的那条河，在这个草木葳蕤的盛夏，明显的老了许多，瘦弱了许多，就像一个人，肯定不是一夜之间老的，她的老，是河床皲裂的令人心酸的不堪回首，是睹物思情的疼痛与依恋。

老了的河流，似乎淡定了许多，成熟了许多，浑浊的泪花里，杂生的丛草裸露着枝叶，乘着风的翅膀，摇摇晃晃，弱不禁风，闪现着对年少时代的向往与温存。

河流还很年轻的时候，我更年幼。那时，跟随母亲到河边洗衣的热烈劲，就像疯长的水草，密密匝匝，缠绕着我幼稚的童心。午后的阳光，大把大把地流泻下来，穿过繁茂的槐树枝叶的罅隙，碎在水波里，硕大的树阴下，肥美柔软的草叶上，是众多的母亲们一字排开，席地而坐，每人面前盛放了两三个盆子，一个洗衣，一个盛放洗过的衣物。这时候，她们之间的交谈，总是那么热烈而富有情趣，爽朗的笑声沿着河边荡漾开来，知了的聒噪，水波的流响，搓洗衣物的水花爆裂声，此起彼伏，这一切，就像专为夏日午后的河流而刻意安排的，那么亲切，自然。偶尔，有水鸟掠过，在水面上留下一个急速的飞吻，又箭镞一般离去，几个顽皮的孩子，掬了满手的水泼向河流的身上，那鸟儿，早已坐在了远处的枝头上，远远地望着，暗自惬意着；而被水波打湿了脖颈的母亲们，一边娇嗔孩子们的无聊，一边将垂落在额际的发髻狠狠向后甩去，在空中摔出一个悠扬的半弧……

此刻，依旧是午后，依旧是阳光浓郁，而面对河流的，却只有我一人。顺着河床龟裂的纹理，我暗自逡巡，多想再走回河流的少年时代，走进无拘无束的快乐里。猛地，顺着山势奔跑下来的风，卷着浓重的尘土，漫过河面，漫过我满心期待的念想，顺着河道，奔跑而去，唯有远山工地上的推土机，怒吼着，发出沉重的嚎叫，向着河流的方向一步步推进。

故乡的河流老了，瘦成了一条线，代之而来的将是一座加工厂，它的崭新将替代河流的荒芜与褴褛，然而，谁又能替代我们内心的失落与牵念呢？

发表于2014年第6期《百家湖》

怀念喜鹊

已记不清是十多年前的哪一天，喜鹊就像天空中飘浮的雨云，被令人生厌的北风刮过了南山，从此之后，高大的椿树上总是空落落的，尤其是到了冬天，干枯的树枝上挂着单薄的喜鹊窝，在北风中瑟瑟发抖。这些时候，顽皮的孩子们跑过去，相互摇了摇那羸弱的树干，不慎就有喜鹊窝从高空中飘落下来，让人看了，心中不免生涩。

于是，有意无意中，我就喜欢一个人盘伏在门前扭弯了腰身的榆树上独自遐想。夏天的早晨，阳光浓郁，高大的杨树、椿树把碎银般的树阴投射到地上，层层叠叠的，期间还有罅隙里透射过来的明亮的光斑，杂混在一起，调皮的猫咪喜欢在这阴影里扑来扑去，扑打那些随树影迷离闪烁的光的斑点。这些时候，我总是按捺不住内心的空落，抬头望望枝叶稠密的树顶，不由想起那些被北风吹远了的喜鹊，带着它们善意的鸣叫，跋山涉水，去到了多么遥远的远方，还是偷偷地，躲去了另一个村庄……

这样想着的时候，脑海里就常常出现小时候母亲讲过的故事里喜鹊衔柴报喜的身影,还有褴褛的南房墙上"喜鹊闹梅"的油画。我不知道别人有没有过这样的经历,但在我的村庄,喜鹊的确是常常受到大人们保护的鸟类,不像麻雀,叽叽喳喳,随时都有可能遭到一阵吆喝。因此,在我童年的记忆里,喜鹊就是善良的象征,就是报喜的化身,要是谁家门前的大树上清晨响起喜鹊的叫声,那这一天,这家就要发生令人艳羡的喜事。说来也怪,十有三四还就真有预测准了的,由此,大人们为了哄孩子开心,时不时就会说谁家门上听到了喜鹊的报喜声。而今想来,大概也与喜鹊的善良有关吧。相传唐朝贞观末期有个叫黎景逸的人,家门前的树上有个鹊巢,他常喂食巢里的鹊儿,长期以来,人鸟有了感情。有次黎景逸被冤枉入狱,令他倍感痛苦。突然有一天他喂食的那只喜鹊停在狱窗前欢叫不停。他暗自想大约有好消息要来了。果然,三天后他被无罪释放。是因为喜鹊变成人,假传圣旨。这样的故事,虽然人为的虚构成分多了点,但也说明了喜鹊在人们心目中的地位。还有年节期间家家户户贴在窗棂上的"鹊登高枝""喜上眉梢"的窗花,总是预示着吉祥与喜庆。

多少年过去了,我也搬到了小城的一角,成为了水泥森林掩映下的一只鸟儿,昼出夜伏,日复一日地做着飞翔的梦。突然有一日,夜色即将笼罩下来,我听到屋外传过来几声"嘎""嘎"的叫声,很是响亮,很是熟悉,我猛地推开窗户,就在屋外的果树枝头,有几只酷似喜鹊的鸟儿,黑白相间的羽毛,高翘着的伶俐的尾巴,在枝头你追我赶,穿来穿去。静静凝视中,我似乎看到了广阔的原野之上,繁花遍地,树木林立,成群的喜鹊扑打着翅膀,在黄昏来临之前，向着温暖的炊烟弥漫中的巢穴飞去。我不禁想，它们若真的是从遥远的他乡回来，而且在这个水泥森林遮掩下的狭小空间里被我看见，我该有多么幸运；如若不是，它们又是什么呢？会不会是报喜鸟的变异？或者，它们已化身为守护人间的一声声嘹亮的啼鸣？

顷刻之间，夜色笼罩了整个小城，璀璨的光华照耀着如水的人流，我不禁一阵战栗，这璀璨的光华能否照亮我内心的迷茫，为这远去了的鸟儿……

发表于2013年12月3日《寿光日报》

元宵记忆

关于元宵节，最易出现在人们脑海中的是"逛庙会""采花灯"，然而，元宵之于我的记忆，首当其冲的便是踩高跷了。

那时候，不论是在村庄，还是小镇，踩高跷作为元宵节的重头节目，是人们相当重视的。高跷的彩排与演出地点如若在村庄，一般是安排在村庄的核心位置，要么是整个村庄的空闲场所，要么在村庄的中心——巨大的公共场院。演出当天，人们会早早地起床，结伴而行来到场院中心，领头的"团长"开始安排工作任务，上了年纪的长者坐在木凳上相互交谈，观看年轻人忙活，必要时指点一二。年轻人你给我绑，我给他扎，靠着草垛的，撑着围墙的，着戏装的，描花脸的，《水漫金山》《八仙过海》，应有尽有，好不神奇。我们这些小孩子，便乘机在草垛之间穿梭追逐，嬉戏打闹，有调皮的，鱼贯穿梭在高跷之间，躲躲闪闪，惹得大人们一阵责怪。不过，就在我们玩闹的空当，高跷很快就装扮结束，接下来便是等待演出了。

演出的场面更是盛大。首先是"接高跷",这"接"的仪式形同"接社火",在孩子王的带领下,到每家每户收集油饼、花卷、麻花,不论有啥吃食,不管是多是少,只要给了就行,大家就图个吉祥。除了这些,富裕人家还会装几个暖锅,供大伙演出完毕后一起饱食一顿。其实,更重要的是感受集体的温暖与快乐。

等这些收拾停当,大伙分成两队,一队是演出组,一队是迎接组,演出组由高跷队员和服务人员组成,迎接组人员庞大,关键的人物是仪程官。仪程官手摇蒲扇,身着袍衣,走在迎接队伍的最前面,紧接着的是锣鼓。正式迎接是在两队见面之后,锣鼓喧天,炮声如雷,仪程官将蒲扇在空中向后一摇,锣鼓停止,仪程官高声诵诗,每诵一句,锣鼓有节奏地伴奏一阵,诵诗一般有四句,或者六句,对仗工整,内容句句喜庆,或与节目有关,或与场景有关,或与仪程官眼见有关,不是机械背诵,而是随机应变,由仪程官脱口而出,语言诙谐幽默,常常引人捧腹大笑。一次诵诗完毕,双方队伍前行一段,好热闹者便再次回首聚集,高声呼喊要求诵诗,仪程官不得已再次作揖诵诗,众人再次高声欢呼,热闹非凡。就这样边走边闹,将高跷队迎进演出场地。

正式演出的时候,男女老少围在场地四周,表演者按照剧情装扮,按照顺序次第出场,向观众微笑示意并热情表演,时不时向众人招手,姿势诙谐,表情幽默,孩子们哈哈大笑,老人们掩面而笑,年轻的妇女们则面带羞赧,相互扯着衣角,扭作一团。

待到演出结束,人们已是满心欢喜,三三两两的,或坐在场院边上闲聊,或领着孩子回家去。而节日的喜庆与快乐却永远地留在了人们的心里，那样真切，那样恒久。

发表于2014年2月13日《孝感日报》

仰望鸟窝

鸟窝是鸟儿建在高处的家,是标注在天空诗篇里的句号,安静而又孤独。说安静,是因为每一个鸟窝一旦建立,除却了天灾人祸,它都将默默地承担着风雨的侵蚀,黎明中迎来晨晖,夕光中送走聒噪,像一段故事,静默着,独守一段情结,一段记忆;更像人的一生,从生到死,不事张狂与孤傲,在简单中完成一份明丽的承诺。说孤独,是因为同一枝丫上不可能共建两只鸟窝,或许是它们前世的约定,还是此生的相邀,很多时候,都是形单影只,孤守着天空的秘密,尤其是秋风劲吹,落叶归根时,它们在高处的世界里瑟瑟地与天空对话。

可转念一想,它们并不孤单,它们有偌大的天宇,辽阔无垠,鸟儿住在窝里,鸟窝住在苍穹里,整个天空都是它们的,浩瀚的星河属于它们,明灭闪烁的群星属于它们,七色彩虹属于它们,馥郁多情的阳光属于它们。春天的夜里,它们和花朵做相同的梦,在梦里学习飞翔,冬日的晨光里,它们和鸟儿一同煨暖远山的桑烟,和漫天晶莹的雪花携手起舞,和一群孩子默然仰望的目光相爱……它们真的并不孤独,它们是净空里的王者,是守望天堂的王者。

多少回,我将匆匆的脚步驻足,在一只鸟窝前仰望,仰望一只鸟窝,将素净的天空与大地牵手;仰望一只鸟窝,在寒风呼啸的夜里,孕育出新的生命,并将它放飞;仰望一只鸟窝,在如血的夕晖里,染成梦的色彩,并唱出晚归的歌谣,牛羊为之静穆,河流为之叮咚……

鸟窝会给予人一种生命的姿态,叫作仰望。

发表于2015年1月16日《平凉日报》

木格窗

木格窗镶嵌在童年的墙体上,让我一次次看清了时光流逝的色彩,像庭院偌大的空茫,像墙头随风而倒的芨芨草,像挤过篱笆门,悄悄散漫进来的阳光,像一个人站在山梁上,吼出的粗厉的秦腔,像岁月,一把一把压在母亲弯腰躬身的躯体上。即便是这样,我依然乐此不疲地爱着那些木格的小窗,透过正方形的窗体,望远或者幻想。

庭院深深,锁住我飞翔的梦想。那时候的我,总是幻想有一天能够独自翻过篱笆门,去往远山之上,看成群的蜂蝶托运着春天的花香,在草地上寻觅忙碌;看高天的云彩,羊群一般卷过山岗,去到遥远的他乡;看一场雨,怎样穿越渺渺历程,从天堂抵达人间;听蛐蛐儿在秋草深处举足歌唱,歌唱秋去冬来;听秋风,裹挟着黄叶在辽远的荒野上诵经……但这一切,因了童年的饥馑,只好让我留在了篱笆墙内,与木格窗相依为命,安分守己地照看家门,而劳碌的父母整天上山下田,经营着果腹的食粮。

木格窗最令人快乐的时光,莫过于贴窗花了。每到腊月,母亲收拾了各色花纸，盘腿在炕沿边剪窗花。小动物、福字、喜字，各种各样的"花"的样子，活灵活现，惹人爱不释手。剪出的小动物，大多是当年的属相，憨态可掬，令人捧腹。窗花剪好了，母亲先在窗棂上糊上一层白纸，然后，再在窗棂的边角贴上窗花。这个时候，我总是围在母亲身边帮忙。花花绿绿的窗花，灵动可爱的形象，映照着岁月印痕，散发出淡淡的时光的清香。

后来，我们来到小城居住，告别了小屋，也远离了木格窗，住在窗明几净的小楼上，但明亮的玻璃永远替代不了木格窗留给我的记忆，在木格窗相伴的年月，似乎从木格窗渗出来的不是时光的缩影，而是融融的暖意，煨暖了我孱弱的童年。而今，我夜夜倚窗凭栏，向着故园的方向守望，我期待木格窗能像一首经久不衰的童歌，和着明灭闪烁的星光，永远回响在广袤的天宇，响彻我的余生，成为时光留在大地上的恒久的印证。

发表于2015年2月1日《羊城晚报》

远去的窗花

窗花镶嵌在玲珑别致的木格窗棂里,一如春天的花朵盛开在庭院的幽深里,隔着篱笆墙的空隙望去,就像飞舞的鸟雀,抑或葳蕤的骨朵,灵动地舞动着翅翼,令人心生迷恋,往往忘却了身边物事,这情景从我突兀的童年时光开始,就影片一样在梦中轮番播映,尤其是进入年末时节,更是令人无限怀念。

剪窗花是一门手艺活,需要的不仅是勇气,更重要的是智慧与灵气。剪窗花的时间一般是在闲月,即年末腊月中下旬,这时候,男人们则三五合群地杀猪宰羊,置办年货,里里外外地忙活着。而女人,则于堂屋的土炕中央置一炕桌,摆了窗纸,或双膝而跪,或盘腿而坐。等她们收拾停当剪窗花的物什后,首先要做的就是折窗纸,窗纸是集市上买来的普通纸,红的,黄的,绿的,蓝的,棕色的,苜蓿色的,应有尽有,她们先是将纸张几经对折,对折的次数以窗花的大小而定,也以她们心中对窗花的设计而定,对折完了,左手捏纸,右手持剪,沿某一侧边沿入刀,之后只见剪刀如庖丁解牛一般娴熟地流转,在对折了的窗纸间游走着,需要减去的部分脱离开来，但不会截然掉下来，而是藕断丝连地连接着，等到窗纸剪好了，多余的部分才会随着剪刀最后的咔嚓声脱落在地，整个过程一气呵成。

我喜爱窗花，更喜欢看着母亲剪窗花，但母亲为什么不经涂涂画画就能一气呵成呢？这个问题在我童年的幼稚里，一直是个未解的谜团，直到稍大一点的那年腊月，我一边看着母亲手中游走的剪刀，一边看着窸窸窣窣成形的窗花，忍不住向母亲询问如何能够有这般手艺，母亲一边低头剪着窗花，一边笑着说，窗花不是手剪出来的，而是窗花的形状一直就在心中，这或许就是后来我所理解的"胸有成竹"的道理吧，但在当时，母亲的灵巧的确令我佩服，让我在对母亲充满敬意的同时，更是对窗花有了几分敬畏与迷恋。

窗花剪好了，并不急着张贴上木格窗棂，母亲会小心地收起来，置放在堂屋高处的木箱盖上，对于饥馑年月的母亲来说，那个木箱是她的最爱，也是家中最为宝贵的保险柜，那里藏着母亲全部的手艺活，也藏着一个农村妇女心底的秘密。

贴窗花是在除夕的前一天下午或者除夕当日的上午，我和姐姐会在母亲的指导下，将窗花分门别类地分散开来，母亲在炉火上用铁勺和了面粉自制好浆糊，我递窗花姐姐张贴，每张贴好一张，我就站在庭院的远处望一下，以便每一枚窗花都能端端正正地嵌在木格窗的正中央，就像木格窗四四方方地镶嵌在墙面上一样。一面窗户贴好了，我们就会在庭院里细细地张望好一会，如一项重大的仪式落成，心中喜不自胜，毕竟，木格窗不会再因突兀而褴褛，土屋不会因木窗而俗气，那些翻飞的鸟雀，摇曳的花枝，每一只每一朵似乎都在诉说着馨香，诉说着飞翔的梦想。

  而今，老屋已离我们远去，木格窗亦不复存在，至于那些灵动的窗花，早已随着岁月的流逝而风干在风中，唯有那些影片一般的记忆，至今萦绕在梦中，丝丝缕缕地缠绕着，将我与老屋扭结在一起，与木格窗扭结在一起，与木格窗上摇摇曳曳的窗花扭结在一起，令我夜夜馨香……

发表于2016年1月12日《黄石日报》

乡村赶集

乡村集市就是一枚符号，不论严寒酷暑，总在处变不惊的轮回里，映照着乡村人的悲喜人生。尤其是临近年节的腊月时分，乡村赶集就像一道亮丽的风景，将村庄与乡镇融为一体，且是那么的从容自在，温文尔雅。

赶集需要起早，曙色刚刚染亮天际，就听得早起的农人推开木门的吱呀声，随之而来的便是牛羊唤草声，不紧不慢的狗吠声，鸡群穿越场院的奔跑声，它们就像乐曲的变奏，从低到高，从小到大，从一而众，在短暂的过渡里达到高潮，就连隐匿高枝的鸟雀，也随着场景的渐进而穿越俯冲，在场院或大或小的草垛间集合。过不了多久，曙色就已掀开穹苍高远的帷幕，将一抹亮色均匀地涂抹在村庄大地上。这时候，男人们早已为牲畜们添置了食料，而女人们也已梳妆完毕，开始走门串户，约定赶集的伙伴。毕竟，赶集除了购置生活的必需品之外，更重要的是一份赶的心境，一份心灵隐秘的交换。

赶集是一场集体行动。男人们三三两两，推了自行车，却不骑，他们要将近期的计划，对生活的想法在边走边聊中告知给别人，虽是一村一庄的，但真要海天阔地地聊一通，好像又没有这样的机会。女人们更是成群结队，换了平日里不舍得穿的服饰，相互说笑着，拉扯着，似乎赶集对于她们来说，就是告别一年辛劳的节日，她们要在这无拘无束的时刻，将内心的快乐全部分享给别人。因此，从山路上望下去，赶集的队伍就像飘逸的彩带，将村庄的喜乐带到山外。

集市本就物品繁杂，而到了腊月更是琳琅满目，虽不像城市里那么分门别类，却也独具特色，单就那茶香飘逸的卖茶摊子，就格外让人欣慰无限。赶集的人走累了，口渴了，到茶摊的长条凳上一坐，炉火熊熊，三两个人下一罐茶，茶在旺火里沸腾着，赶集人与卖茶人热烈地交谈着，谈话的罅隙里，品一口茶，那茶香似乎不是进入胃里，而是飘荡在整个身体的脉管里，奔突着，游走着，<u>丝丝缕缕</u>，浸润着品茶人的五脏六腑。就这样不紧不慢地品着，聊着。你是我的亲戚，我是他的友人，到后来，品茶人、卖茶人、无事取暖的闲聊人，大家都成了热热火火的一家人。临别了，将茶钱硬塞到卖茶人手里，挥着手势作别着，脚却依旧站在原地，不离不舍的，单这情景，就令人心绪温暖。

因此，乡村集市少却了闹市的繁杂，却多了几分人情味，在彼此融融的交易里，温热了彼此朴实无华的心。随着贸易类别的增多，形式的更替，乡村集市正在逐步走出人们的视野，但永远走不出内心深处的，是恒久的记忆，和暗藏在人们心灵深处的善意。

发表于2016年1月28日《今日新泰》

年画随想

年画是贴在墙上的画页,是年节喜庆气氛的缀饰,也是人们对美好生活的向往与寄托。

年画的版本很多,但流传较广的还算是天津杨柳青画社出版的,不论是画的内容,还是画的技法,都让人叹为观止。单就以喜鹊为主题的就有《喜相逢》,即两只鹊儿面对面;双鹊中加一枚古钱的,叫《喜在眼前》;而一只獾和一只鹊在树上树下对望的为《欢天喜地》;一只喜鹊仰望太阳的为《日日见喜》。当然,流传最广的要数《喜上眉梢》,又叫《喜鹊登枝》,寓鹊登梅枝报喜之意。由此可见,年画不仅仅是图画,更重要的是传达了画者以及人们内心的思想情趣。这样的画页,张贴在堂屋的显眼位置,不光是令观者心生温暖,亦是堂屋主人内心世界的外现。

年画不仅有内容上的选择,贴年画的位置亦有讲究。客房正面必是留给伟人画张的,那是人们对圣贤的怀念;客房两侧要么山水,要么花鸟。若是山水画,必是山清水秀,山怀抱着水,水缠绕着山,碧水之间,舟楫动荡,水波潋滟,让人留恋而忘我其中;如若是花鸟，则是花枝颤颤，鸟落其间，花色葳蕤，鸟羽明丽，几乎能让人听到翅羽之间滴落的鸣叫，声声梦幻，声声迷恋。这样一来，整个客房就生发出浓郁的文化气息，无论是主人抑或客人，娓娓而谈之余，阅几眼画幅，顿觉心间舒畅，意气风发。至于侧房年画的布置就灵活多了，一般年青人的屋舍，多是《年年有余》《麒麟送子》等娃娃画，寄予了年青一代对生命的尊重与抚育。

而今，随着时代变迁，以及人们生活意识的改变，年画已逐渐走出了人们的视野，年节期间购置年画的热闹情景已一去不返，贴年画时的你争我抢也已淡成遥远的记忆，就像时光，不经意间爬上年画的位置，留下一抹淡淡的愁绪，让人在对岁月流逝的怀念里，真真切切地感知一副副年画带给人们心灵上的抚慰与念想。

远去的是年画，抹不去的是记忆。

发表于2016年1月22日《江宁新闻》

记忆中的手书对联

对联是春天的标志，张贴在门楣上，就像春天的殷红挂在墙上，给人的不仅是喜庆，更有春天般温暖的心情。

对联还是手书的好。或楷书，给人以沉稳；或行书，给人以行云流水的惬意；或草书，给人以遒劲与洒脱。对仗工整的句式，配上一副流畅的翰墨笔法，一副对联只有浸润了书写者的汗水之后，才是一副好联。

书写对联，讲究的是情绪，求写对联的人总是带了润笔的酒水，书写者也并不吝惜，大家不分尊卑，一律围炉而坐。室主人当然大多是对联的书写者，拧开一瓶好酒，将酒瓶整个浸没在温水壶中，然后将水壶置于盖了炉盖的炉火上，之后摆了酒碟，酒盅，待酒温热后，斟满酒杯，你一杯，我一盏，觥筹交错，聊着关于写字的修炼，说着关于对联句式的含义，等书写者三五杯酒下肚，也就是他酒醉微醺、翰墨淋漓之时，书写者手持毫笔，立于案前，昂首沉思片刻，随即在早已裁切妥帖的红纸上书写开来，那架势，似乎书写的不是墨字，而是流淌着内心的感慨与激情。大多时候，一副对联一气呵成，不停顿，不吸墨，有如天马行空，又如信手拈花，一联书写好了，稍作停顿，吸足墨汁，而后又是一联。站立一旁的求写者，除了欣赏这令人心动的一幕外，更是急急地将书写好的对联双手捧接过去，晾在宽敞的桌面，而后下一副，下一位，如此反复，及至写过好几副后，书写者才会放下笔墨，挺直腰身，活动活动。这时候，旁观的人就会说笑着递上温热的酒杯，又是夸赞，又是佩服，整个屋子里弥漫着书香，弥漫着温馨。当然，敢于手写对联的人，当是饱读诗书、满腹经纶的，求写者除了求得一副笔墨外，更重要的是敬畏一个人的德行，以及他对诗书的叹服与向往。因此，在乡村，一副对联就有了重要的含义，不仅表达着主人对来年丰收的祈福，更表达着对子孙诗书伦理的教育之情。

贴对联亦是令人欢欣。整个院落厅堂打扫干净之后，也就是临近黄昏时分，爆竹声声，烟花四散，大人孩子穿梭在屋舍与庭院之间，大人张贴，孩子接送，一副副红艳艳的对联就渐次挂上了门楣。抬眼望去，顿觉新春已至，年的味道也已浓郁馨香。这时候，大人们一脸笑意，乐呵呵地去做修修补补的剩余工作，而孩子们，已三五成群地聚集在场院空阔的位置，追逐嬉戏，自寻欢乐，唯一等待的就是除旧岁，迎新春的守岁活动了。

由此想来，对联带给人们的不仅是一句句祝福的话语，更是浸淫了对新生活的向往与憧憬，尤其是手书对联的那情那景，如胶似漆般地烙印在记忆的胶片上，似乎挂在门楣上的每一个字，犹如辰星般闪烁着我们的遐思与牵念。

发表于2017年1月26日《水富报》

年的印章

时光是一幅幅多彩迷离的图画,而年则是一枚旖旎的印章,盖在时光册页的末尾,令人心旌摇曳,妙趣顿生。

年的印章里,镌刻着动人的传说。相传在远古时期,年是一种凶猛的动物,每到寒冬时节,年因缺少食物便来到村庄,偷食家禽,给人们的生产生活造成了极大的影响。于是,人们每到寒冬季节,当年入侵村庄的时候,便点起篝火,燃起竹节,以熊熊焰火及竹节因燃烧爆烈的巨大声响来驱逐年,甚至在门楣两侧贴上殷红的对联。后来,人们为纪念这种仪式,便将这种驱逐年的活动流传下来,并命名为"年",由此,便有了过年。亦有传说称年是消灭了凶猛怪兽——夕的神仙。夕在腊月三十的晚上来伤害人,神仙年与人们齐心协力,通过放鞭炮的方法赶走了"夕"。人们为了纪念年的功绩,把三十那天叫"除夕",即除掉了猛兽夕,为了纪念"年",把初一称为过年。不论哪种说法更具实际意义,但它们共同表达了人们对年节的喜庆渴望与追求,于是,年的印章因传说而美丽,而生动,让平淡的生活荡漾出趣味横生的涟漪。

而在饥馑年月里,过年则是一种对幸福生活和香甜美食的向往与渴盼。在我童年的记忆中，就刻印着我最初也最为淳朴的念想。那时家境贫寒，每到年节，作为孩童的我们最大的愿望就是能吃到一顿较为充实的饭菜，不求丰盛，但求饱食。毕竟在平日的生活中，在吃食上我们总是不能如愿，饥一顿饱一顿，只有在年节时，大人们将积累半年的粮食磨面做成馒头、面条，一家人围坐在一起，炉火温暖着屋舍，饭菜的香味萦绕其间，于谈笑间美食一顿。于是，在满足了吃的欲望之后，孩子们便有了更多的期盼，更为自由的渴念。因此，记忆中的年节，缺少了爆竹声声，锣鼓喧天，但却满溢着祈祷与感恩，年因此而被赋予了更为深刻的意味。

而今，年不再是刻印在记忆深处祈愿的符号，随着人们生活条件的不断改善，年的意义已不在于对一顿美食饭菜的追念，而是承载了吉庆祥和团聚交流的文化内涵。过年了，辛劳一年的家人好友们团聚一堂，就着丰盛的宴菜，在其乐融融的氛围里把酒言欢，诉说一年来奋斗路上的苦乐，彼此交流着如何在未来将未尽的梦想打拼出馨香，精彩处推杯换盏，每个人的脸上都洋溢着春天般酡红的笑容，他们诉说的是情怀，追逐的是热望，有真诚的祝福，有暖暖的期冀。人生因年节而丰腴，年节因感怀而喜庆。

因此，年是时光刻就的一枚印章，印记着流年岁月的艰辛与奋争，诉说着人生感怀的乐趣与期许，在这枚印章深处，凹陷的是渐行渐远的时光，突兀的是岁岁年年人不同的迷恋与追念。

一年一印章，一生一册页。

发表于2017年1月23日《甘肃地税》

仰望

仰望是一种姿态，更是一种膜拜。仰望浩瀚星空，让我们深邃；仰望翔集的鸟群，让我们目光绚烂；仰望大师，让我们心存感恩；仰望生命，让我们更懂得珍惜生命。因此，敬畏生命从仰望开始，不是举首张望，而是仰起头颅，用心凝视。

辽阔无垠的星汉，养育了浩渺天穹，也养育了宁谧的夜色。斗转星移，星罗棋布，是造物主绘制在天幕上的图画，它让我们在仰望中清楚地认识了春夏秋冬，感知了四季更替，在一次又一次的昼夜轮回、寒暑易节中，不知不觉就身陷璀璨迷人的景致里，颐养身心，感恩苍宇的无穷与多变。春天，我们和大地一同复苏；夏夜，我们和花草同吐芬芳；秋晨，我们和暖阳通铺大地，为成熟了的生命镀上黄金的色彩；冬日的午后，雪花纷飞，山野苍茫，我们同守无边的静谧与安宁。因此，仰望星空，让我们胸怀天地。

苍宇在上，举手投足间，我们就可仰望一二，但要俯视生存在大地上的万物，就比仰望璀璨星空来得困难。因为很多时候，我们很少俯下腰身，对路边的一朵野花说出心中的赞美，对一只爬行在草叶上的七星瓢虫，送上一句久违的祝福，对一头犁田二十年的身衰力竭的耕牛，赶去粘附在它孱弱腿脚上的蚊蝇……因为它们的生命太过微小，不及我们的仰望高贵。可谁知，正是我们的微视，星空将不再明澈，花朵将不再艳丽，村野开始荒芜，城市的水泥森林更为拥挤。因此，仰望大地上生生不息的万物，让我们心怀怜爱。

浩渺星汉，无穷万物，我们就身在其中，不能总将仰视的目光遮蔽在屋檐下，我们要仰望躬身大地的人们，他们给了我们果腹和温暖；我们要仰望脚手架上的背影，他们在装点城市风景的同时，装点了我们贫瘠的内心；我们要仰望漆黑暗夜里执灯的长者，他们给了我们光明与方向，让我们轻易找到了春天的出口。因此，仰望别人，让我们心存感恩。

学会仰望吧，无论我们身处何方，一眨眼间的微笑，就会灿烂一方天宇。

发表于2015年2月6日《楚天都市报》

古井记

一口井长在大地上，就是一枚落在大地上的辰星；一口井长在村庄里，就是村庄明亮着的眼睛。在我的村庄，曾有过数十口井，也就是曾有数十双眼睛同时明亮地照耀过我的村庄，于是在饥馑年月，是井水滋润了村野的几百亩土地，也养育了我的村庄和我的先辈。因此，我总是对井有着特别的恋情，即便在今天看来已显得有些古旧。

古井是一部册页，记录了我的童年。夏日炎炎，村庄就像一把铺开的折扇，晾在大把大把的阳光里，风似乎在静谧里睡去，丝毫送不来一缕清凉。这时候，门前高大的洋槐树下阴翳的井台便是我和玩伴们的绝佳去处。说是阴翳，却不如说是绿荫如盖，洋槐树不择地势，耐旱，靠着瓦房的墙面总是疯长，似乎高处的天空才是它们的梦想所在。浓浓郁郁的叶片支撑开来，大把大把的阳光打下来，就落在层层叠叠的叶片上，只有少数的光斑躲躲闪闪，从树叶的罅隙间跌落下来，在井台上若滚动的银元一般，扑来扑去，我们爬上井台。井台并不大，却也用土块和泥巴砌成，四四方方，像一页硕大的棋盘盖在井口上。井台的边沿平平滑滑，我们就围坐在井台上抓石子，按照人数的多少均分成两方，每方先派出一名成员进行应战，直至双方人数都进行过一轮战斗，以合计过关的次数多少来判定胜负。这时候，总有大人们坐在阴凉处，说着不紧不慢的闲话。更多的时候，会有货郎担着货担一路吆喝过来，听到吆喝声，我们立即停止手中的玩物，立马起身让座，货郎会很客气地将货郎担摆放在井台前面，而后半蹲半蹴在井台上，我们则围拢在货担旁，等待着货郎将货箱一层层打开，亮出货品。此刻若有人打水，必定借着井沿舀过一瓢，急急地送给货郎，谁都知道货郎大热天的转个十里八村，肯定口渴难耐，而这井畔凉水则是解渴的最好选择。听前辈讲，若是谁家孩子热天拉痢疾，刚打上来的井水水桶不要落地，取其一瓢，立饮下去，必定在短时间内消除，大人们这样讲也这样做，病痛消除也确有其事。于是，我对古井平添了一份敬畏，一份神秘。

说到打水，必有辘轳。顺着井沿的位置，用土块泥巴砌一座墩子，一根粗壮的木桩横插其中，辘轳穿在木桩中间，这样，辘轳正对着井口。打水的时候，辘轳转动，绳索系着水桶慢慢悠悠地下降到井底，等水桶"吃"满了水，而后摇动辘轳臂，水桶再次慢慢悠悠地升上来。我喜欢看大人们打水，更喜欢听辘轳吱吱扭扭的叫声，似乎那声响里就蕴含了乡村的味道，蕴含了时代的味道，细声细气，却又甜甜蜜蜜。喜欢辘轳，便也喜欢《辘轳女人和井》的电视剧，喜欢上"女人不是水呀/男人不是缸/命运不是那辘轳/把那井绳/缠在自己身上"的歌词，喜欢韦唯高原般粗犷穿透的歌唱，也喜欢枣花在悲情命运里依旧顽强的奋争。

　　就这样,水井辘轳随着岁月的流走相互咬啮着,缠绕着,我的童年也随着水井的枯竭走进了中年,面对古井的记忆,唯有"命运不是那辘轳,要挣断那井绳,牛铃摇春光"的歌吟与牵念,在梦里徘徊,在反反复复的追忆里彳亍。

发表于2017年4月9日《陇东报》

春韭飘香

时至惊蛰,在北地村野,最先醒过来的菜蔬要算是春韭了。

春晨,大把大把的阳光顺着杨柳干枯的枝条流泻而下,辽阔的村野浸润其间,风一小阵一小阵地翻过山冈,越过阔野,穿过沟壑,在广袤大地上肆意地奔走着。此刻,你若有一段闲暇,漫步村野是最好不过的抉择了。

我的村庄三山合围,除了通往村庄外面的缺口外,出得了村巷,便是纵横阡陌,因此,围拢在每家屋舍周围的不是阔大的场院,便是方方正正的菜园了。韭菜耐寒,在冬雪凛冽里,茎叶干枯萎缩,但须根盘附在土壤之中,安然度过整个寒冬,来年春日阳光温煦,便簌簌被地脉拱出土地的裹挟,金黄的嫩芽儿在阳光的抚慰下散发着郁郁的光芒,呈现出绒绒的,暖暖的鹅黄,让人觉得弱不禁风却又馋涎欲滴。于是,轻轻俯身下来,伸手摘几根细嫩的韭叶,手指轻缓地捋了捋,一缕缕韭香随之钻入肺腑,小小嚼食一口,便有醇香伴随的辛辣味长久地迂回在鼻腔之间,让人回味再三。母亲还未移居小城之前,每年春天,炒韭菜芽便是我们渴慕的美食之一。

  割春韭讲究的是细心与耐心。细心在于选择割韭的时间，一般而言，不宜在春晨收割，过早收割的韭菜茎叶上还带着昨夜的珠露，得尽快吃掉，否则不易存放。一般是太阳照耀一段时间后，露珠散去，这时候的韭黄炒食起来脆脆嫩嫩，让人口角生香。耐心在于刚出土的韭菜长短参差不齐，割的时候左手拿捏，右手握刀，先要选择长短均匀的茎叶用左手拢在一起，而后再用刀子轻轻地顺着韭叶生长的方向斜斜地，擦着土皮割下去，这样既不因割的过高浪费韭黄，也不至于将土质挑起而带入韭叶之中。

  母亲割韭的时候总是小心翼翼，生怕伤了根系，又怕割疼了韭黄，一副不忍的样子让人看了心生怜惜。或许，这就是母亲念念不忘村庄、土地的缘由吧，毕竟，人生是一个不断剥离阵痛的过程，在这个过程中，抛却舍弃的是爱，收获着的，却是痛。

  韭黄温中行气，散瘀，解毒，有助于疏调肝气，增进食欲，增强消化功能，《本草拾遗》注曰："温中，下气，补虚，调和腑脏，令人能食，益阳，止泄臼脓、腹冷痛，并煮食之。叶及根生捣绞汁服，解药毒。"由此可见，韭黄药用价值极高，而在日常生活中能够如此吃食便是很大的奢侈了。

  母亲喜欢将割来的韭黄洗净，切成寸断，先是炒了鸡蛋盛盘，接着急火炒熟韭黄，并将韭黄与鸡蛋拌匀。每每吃到母亲亲手做的鸡蛋炒韭黄，一家人便是喜笑颜开，乐活好一阵子。毕竟，那是土色土香的菜品。

  而今，春日渐深，故园的韭叶又该是鲜鲜嫩嫩的金黄了吧，而母亲，已是八十高龄，返乡不只是为了一顿春韭飘香的盛宴，该是一次心灵的回归与慰藉吧。

发表于2017年3月15日《甘肃地税》

春到榆钱

山野的桃花菡萏初现，却见崖畔的榆钱已是一树一树的鲜嫩。鲜嫩里，透亮着童年的记忆。

榆树喜光，耐旱，耐寒，耐瘠薄，不择土壤，因此，在我的故乡，不论是山峁梁屲，还是沟壑崖畔，榆树总是成片成片地生长着，像簇生的爱，不离不弃。尤其是生长在崖畔的榆树，或如扭歪了脚踝的老妪，或如佝偻着背脊的长者，粗壮的根紧紧扎进崖面的土里，即便是裸露出来的根系，也是盘根错节，若一双双交错紧握的手臂，缠绕着握住大地的脉搏，肆意生长着。冬天里，榆钱儿早已是一树一树地随风飘去，唯有干枯的枝干手臂般直指苍穹，令人心生敬畏。而到了惊蛰日过后，一树树榆钱便鲜鲜嫩嫩地醒过来，绿意恣肆，让人远远望见，便觉口腔生津，几欲尝鲜。

在我家后院的崖面上就有一棵榆树，是它维系了我童年的大半时光。

每到春日大地复苏，父母开始忙田地里的活计，阔大的庭院里就只有我们姐弟俩，除了按照父母的嘱咐按时喂养鸡狗，便无别的活计可干，这时候，玩便是我们的主业，当然，摘榆钱吃更是我们的拿手好戏。因榆树长在崖面上，离地面有好一段距离，为了够得着榆树的枝干，我们只好事先准备了带着枝杈的长杆子，顺着崖面的脚窝颤颤歪歪地爬上去，我一手拽着地面上的树梢，一手拉着姐姐的衣衫，姐姐双手合力，将木杆的枝杈对准榆钱繁茂的枝条，使劲地拧几圈，好让榆钱枝条与木杆缠绕在一起，而后用力拉下来，边拉边后退，直至用手够得着榆钱枝条。捋下来的榆钱肥肥嫩嫩，绿意浓郁，我们边摘边送进口里，顾不得擦拭，毕竟，生长在高处的榆钱本就是干干净净的，不带一丝儿尘土。凑近鼻息，榆钱散发着清清爽爽的香味，那是榆树的味道，大自然的味道，是饥馑年月里纯纯的食物的味道，每嚼食一口，那清凉的浅浅的甜蜜味道就浸入肺腑一步，慢慢地，整个人浑身就散发着榆钱的清新香味。即便是吃完了榆钱，榆树枝还会紧紧握在手中，舍不得丢弃，似乎在久久的凝望里，手中的枝条上就会生发出一圈圈挨挨挤挤叠加在一起的榆钱串，幽幽地漾着醇香，飘荡在无尽的回味里。

就这样，摘食榆钱的记忆就像成熟了的榆钱一样，随着岁月的阵风一程一程飘散去了远方。榆钱会在遥远的他乡落地生根，成长为一株株芬芳怡人的榆钱树，继而结出甜甜的榆钱，成为孩童们的馋涎之物。而童年的记忆呢，是否还会在这个春意浓郁的午后跃现出来，成为我客居他乡的理由？

遥望远山，春意馥郁，草木葳蕤。凭栏而立，除了渴念，还能否在万千树木之中寻觅出一树繁华，一树榆钱稠稠密密的记忆？

发表于2017年3月12日《兰州日报》

村巷里的隐逸时光

我的村庄三面环山,一条河流从缺口的部分绕过去,孱孱弱弱,眼看快要走出村庄的时候却又不忍回望一眼,拐过腰身,在村庄的脚踝处又勒上了一道水印,明晃晃的,村里人说,这是村庄的福气。我就在这福气氤氲的村庄里,走过了我的童年时光。而那条将村庄一分为二的南北走向的村巷,珠串起了村庄史册里明灭闪烁的时光碎片。

一

村巷狭长,从南向北,抑或从北向南,贯穿村庄南北,柳荫夹道。

清明过后,杨柳枝条婆婆娑娑垂吊下来,将村巷荫蔽成一条绿带,童稚的我们三五结伴,顺着巷子追逐奔走,穿过枝叶罅隙的阳光,将斑斑驳驳的光斑打在脸上,追在身后,就像戏耍的孩童。过不了几日,洁白的柳絮随风飘飞,落在地面的相互集结,抱了团滚动着，我们就顺手捡了起来，围坐在门前的井台上做棉絮，打水的人们见了，凑近前来，不说话，只是笑笑。

若是幸运，巷子隐逸的时光里，还会遇到货郎。一声悠长的喊叫声，"换针换线换颜色了……"，听到喊声的我们，便会在最短的时间里做出判断，循着声音的方向一路疯跑，声音近了，我们也近了，气喘吁吁地迎着货郎，任意择一处柳荫浓郁的地方放下货担。货郎盘腿席地而坐，从衣兜里摸出烟斗，慢悠悠地卷起一支旱烟，背靠在树上，吧嗒着抽起来。浓烈的烟味随着烟圈四散开来，顽皮的孩子就顺着烟圈上升的方向追了去，挥手搅动着。当然，令人最为好奇的还是一层层陈列在货箱里的货物了。货箱一般用木板做成，通常三四层，一层一层叠加着摆起来，顶层就用玻璃做面子。当然，最吸引孩子们的货品也是摆放在最上一层，当孩子们围拢上来时，最先目睹的便是喜爱的物品。这时候，货郎一边抽烟，一边摇了手中的拨浪鼓，并有节奏地间隔喊着"换针换线换颜色……"。孩子们早已按捺不住内心的激动，央求着开箱看货，货郎很是沉着，继续抽烟，继续喊叫，待一支烟抽完，手中的拨浪鼓也停了下来，不慌不忙地挥挥手，示意孩子们稍微离开一段距离，我们就顺从地向后退出一步，低着头，胳膊相互搭在彼此的背上，目不转睛地盯着货郎拿出钥匙，缓慢打开挂在货箱侧面的金属锁，将玻璃盖子轻轻抬起，将侧边的尼龙绳子拢过来，玻璃盖子就斜斜倚在尼龙绳的拉伸里。这时候，我们就会不约而同地"啊——"一声，声音拖得很长，余音里，充满了长久的赞叹。的确，小小的货箱里确是别有洞天。排列整齐的各色丝线，长短各异的针，一包挨着一包。塑料弹球，看上去都觉得软软的棉质袜子，明亮的塑料花纸包裹着的"棒棒油"（冬季用来抹手脸，皮肤不干裂），塑料手枪，颜料盒子，真是大人孩子所需要的，都能在这小小的货柜里找出来。当然，下面的货箱里还有大人孩子的线衣线裤、袜子头巾、线织手套……正当我们好奇心逐步得到满足的时候，货郎就会再次挥一挥手，我们就再次退后一步，他又是一阵吆喝。

此刻，正是大人们下田归来的时候，背负犁铧的男人将犁铧斜靠在树旁，近前来和再次卷起一支旱烟的货郎搭讪着，手拉牲畜的女人顺手在近旁的树干上栓了牲畜，急急地走近货箱，俯身弯腰，双手扶膝，仔仔细细挑选起针线，不大时分，村口的柳树下便围拢起老小数十人，选货的，询价的，喊了孩子回家拿鸡蛋换针线的，问男人要零碎钱的，一时间，讨价还价声，小孩啼哭声，吆喝牲畜声，此声刚落，彼声又起，村巷成了街市，好不热闹。唯有当空的日头安静地照着，碎银般的光点穿过枝梢，闪闪烁烁，迷离着正午时分的村巷。

这一日，我们便在无尽的快乐中过下去，天色向晚，货郎问村口的大婶借过一碗清凉的井水喝过，回赠大婶一双丝袜，便满脸笑意，挑起货担，长长地一声吆喝之后，寻着他村而去。而我们，望着货郎远去的身影静默着，心生怅惘，而村巷，便在迷蒙的夜色中归于安静。

二

货郎去了，日子一如既往地流走着，村巷也就在平淡无奇中春去秋来。

等秋叶洋洋洒洒旋舞着飘飞下来的时候，我们就将活动地点转移到了村巷南口的铁货铺子里。

铁货铺是本家大叔开的，一座炉火终年不灭的灶台，打铁的大小铁锤，收购来的废旧铁货将整个铁货铺塞得满满当当。打制好的锄田的铁铲挂在墙上，挑水的担钩，焊接的铁锨摆放在铺子门口。铺子向阳，门口终年放置着一把长条木凳，那是我们玩乐的道具，你方上去，他推下来，总之，有孩子们在的时候，长条凳就一刻也没有消停过。午后的时光，抽烟锅拉家常的老人背靠门口的土墙，一字摆开，说一些家长里短的话。大槐树下的任六便是这群老人们中的一位，但他不抽烟，也很少说话，人多的时候，只是默默地望着大槐树发呆。

任六弟兄两人，排行老二，说是"六"，那是缘于他的父辈弟兄三人，父亲排行老三，上面两个父辈均有六个儿子，而到了他父亲这里，只剩下他们弟兄二人，父亲为了在两个哥哥面前争人气，直接喊任六的哥哥"老五"，而他自然也就成了"六"。任六打小父母就双双在饥馑年月饿死，留下的兄弟二人仅靠村里的救济粮生活，勉强维持了生命。听聊天的老人们说，任六自此就留下了沉默寡言的病根，难怪他总是望着大槐树发呆。任六望着槐树发呆的时候，我们跟着偷偷望向大槐树，除了如洗的鸟鸣外，便只有高处澄澈明净的穹苍了，或许，任六望着的时候，他的父母就在穹苍高处望着他。他们是通过目光说话，说不为人知的话。

日子就这样悄无声息地走着，走着走着，就进入了深冬。

村巷里的快乐如流动的沙漏，不紧不慢地继续。只是后来好几天没有见到任六了，铁货铺前传说着任六丢钱的故事。任六本没钱，哪来的钱丢呢？听老人们说，政府救济给任六两千五百元，资助他盖房子，任六将这两千五百元连同早年卖了一头猪的钱共计不到三千元，全部埋在了家里仅有的一袋玉米里，冬日渐深，他想拿出钱添置些过冬的衣物，谁知一袋玉米靠着墙根站得端端正正，就是埋在袋口的钱不翼而飞了。没过多久，任六随着不翼而飞的钱也"不翼而飞"了。

过了几日，任六出现了，只是这回不是站在人群里望着洋槐树发呆，他躺着，躺在一口血红的棺材里——他在邻村的树林里自缢身亡。送行任六的那天，北风扬雪，我们跟在长长的队伍后面，顺着村巷慢慢悠悠地挪移着脚步，走过大槐树的时候，我特意向着高处的天空望了又望。我想，此刻，他的父母一定在高处的天空里望着他，望着他的儿子别过尘世，再次成为生活在他们身边的孩子。

三

后来，村巷就成了我上学途中必经的一条道。

再后来，我就绕过大槐树走出村巷，来在小城扎根。

而今，夜阑人静的时候，我总会倚窗凭栏，向着村庄所在的方向长久地张望，在每一次的张望里，我似乎都听到村巷深处隐逸的时光如时针般嚓嚓作响，只是在它绵密的针脚里，我们之间的距离愈走愈远，愈远愈是真切，像一些纠缠不清的爱，在风中独鸣。

发表于2017年4月28日《未来导报》

夏日水塘

我钟情于村庄里的一窝水塘,尤其是在浓艳的夏日,落过几场雨,水塘就明亮得像一面镜子,照耀着村庄长短不齐的日子,村庄亦因水塘的存在而明丽着,于是,简单的生活便平添了些许温暖的诗意。

水塘因地势而成形,自然居于村庄的低处,亦在村庄的中心位置。水塘的存在很有些年代了,打我记事起,水塘就安静地居于一隅,像村庄养育的一窝明净的眼眸,仰望着高处的天穹。夏日,落雨是常有的事,隔不了几日就下起一场雨。雨水顺着护佑村庄的山崩梁峁流泻而下,接近村庄的时候,汇聚在一条人工导引的水渠里,而后自然而然就进入了水塘。雨水丰沛的时日,也是孩童们最快乐的时日。根据大人们的经验,当南风从村口吹进来,南山上飘过浓云的时候,也就是雨水到来之时,我们就结伴守候在山庄的山坡上,疯跑着追逐着,穿梭在丛林之间,一会爬上了杏树,一会埋伏在水渠深处,一会摘得野花相互炫耀。果真有雨水落下来的时候,我们就一路狂奔至水渠的低处,等待着浑黄的雨水夹杂着落叶奔流下来，我们一边做着水流的导引，一边放声吆喝着，似乎这场雨水是为我们而来，及待水流汇聚在水塘里，我们就捡起路边的石子，竞相打水漂玩。等第二日清晨，水塘里的水因昨夜的沉淀而清澈了许多，水塘边的柳树也将婆婆娑娑的树影倒映下来，那影子里似乎藏匿着昨夜的梦，水塘静若处子，安谧中沉积着孩童们的好奇与梦幻。

水塘除了带给我们一方欢乐的天地外，更是滋润和养育了村庄，也养育了父辈们辛劳的日子。对于村庄而言，牛羊是走动着的期冀。夏日，烈日炎炎，若是水塘积蓄满满，便省却了大人抑或孩子们吆喝牛羊下河沟饮水的辛苦。家家户户将牛羊开圈出来，吆喝到水塘边，牛羊也早已习惯了水塘的存在，也已习惯了水塘暖泉般的温水，它们会喝个尽兴，而后心满意足地跟随主人归圈。这时候，我们大多隐藏在水塘边的柳阴里，会心地看着牛羊饮水，每当牛羊厚重的嘴唇接触到水面的时候，平静的水面顿时漾起一波波水纹，而后颤悠悠地四散而去，随着水波四散开去的还有我们的梦，梦想水塘每日里总是水意浓郁，好让我们团聚在它的周身，做着守候夏日快乐时光的梦。

夏夜，农人们收工了，女人们忙着厨房里锅碗瓢盆的事，男人们则饭饱之后，三三两两汇聚而来，围着水塘席地而坐，谈说庄农的故事，谈说丰欠的年份，谈说一年一年的家境的变迁。我们也总是围了过去，安静地坐着，听他们言说，听他们开怀地笑，抑或浅浅地叹息。老人们也总是较少说话，半晌里从腰间掏出烟锅，小心地填了烟叶，吧嗒着抽起烟锅，烟圈随夜风飘逸着，浓烈的旱烟味也随之四散而来。我们就在这样的氛围里久坐着,久坐着,似乎短暂的夏夜愈来愈明了,不知是谁起身的瞬间说一句"都睡吧",我们也才慢悠悠地起身,随着大人们各自归家。

其实,对于村庄而言,一方小小的水塘,就是一方暖暖的幸福天地,护佑了村庄,也护佑我们童年的梦。

发表于2017年5月30日《今日兴义》

麦叶田田

四月的村野,已是草长莺飞,蜂飞蝶舞,漫步于阡陌之间,遍见麦田葱翠,麦叶连连。阵风起时,麦田若掀动的海波随风荡漾,这种时候,静默于一片辽阔的麦田身边,便觉心旌摇曳,身心激荡。毕竟,每一株麦子,都曾喂养了青黄不接的饥馑年月,麦子于人如同晨光雨露之于大地,带给人们的是生命成长的力量。于是,麦子便成了我们心中圣洁的信仰,成了我们精心护养的每一株渴念,尤其是在北地高原,麦子更是守护村野的屏障。

缓步而行,出得村庄,便见阔大的麦田被蛛网般的小径分隔开来,像是一块巨大的绿毯被颜色各异的线条隔开,而后,又相互挨挤着,镶嵌在大地的腹部。线条与线条之间,绿意缠绕,栽植两旁的杨柳,在四月的风中伸展开手臂,绾结在一起,搭建起一条条绿荫小道。漫步小道,麦青浓郁的清香扑鼻而来,丝丝缕缕地进入你的肺腑,整个人顿觉神清气爽。若是俯身,顺手扯过一株麦子,你一定会发现麦秆儿吸足了大地的水分,浑身墨绿,似乎那浓重的绿里,还流动着大地沉淀之后的营养的血液,若是在静夜,一定能够听见血液流动的嘶嘶声。自然，这麦叶因了水分与营养，便也绿意浓郁，颤颤的，摇曳在风中，飒飒地自鸣得意。起身而望，让人不免对麦田充满了期冀与艳羡，似乎六月成熟的麦香已随风而动，从麦田到场院，从场院到颗粒归仓。

说到颗粒归仓，拉运麦子确是件令人愉快的事，虽则让人体力劳顿。记得父亲种植麦子最多的时候还是上世纪八九十年代，那时候机械运输并不发达，拉运麦子全靠架子车。麦子收割之后，父亲总会在麦地里将一捆捆麦子围拢在一起，一般十捆一拢，两两相靠，码成一排，然后在上面左右分叉，盖上顶，防止雨水灌透麦捆。就这样，等全部的麦捆吸足了阳光，我们便会拉了架子车上山，父亲在车上，我在下面一捆一捆地接送，不大的时分就装起一架子车，用麻绳捆扎牢实。父亲在前驾驶车辕，我紧跟车后。下坡的时候，我就双手抓紧捆扎车子的麻绳，双脚离地，趴在车子的尾部，父亲那时年轻力盛，往往是一路小跑，一个长下坡后接着就是一段小上坡，父亲总是用足了力气直接拉车冲上坡子，而我只是紧紧地趴伏在麦捆之上，享受这段美妙得无以言说的美好时光。其实，熟透了的麦子的确馨香无比，那香味里饱含着阳光的味道，干净，温暖。趴在车上，鼻息凑近麦捆，那浓郁的馨香就顺着麦捆的缝隙顺顺滑滑地透出来，屏住呼吸足足地吸一口，除了满心的馨香之外，更令人心生安全与幸福，觉得这个冬天有了香香白白的麦面，一切寒冷就都不再令人畏惧。

而今返乡，我还会找一块麦田，俯身，扯过一株麦子，嗅麦叶绿意的清香，听它身体里流动着的水分，但这一切总是不能令我欣喜，总觉少了少年时的开怀与美妙。这一切，不光是变迁了的时光让人改变，重要的是麦田不再辽阔，麦田不再如波浪般翻滚，麦田之上，是盘旋而上的柏油路，是林立的厂房，是砖场里极其聒噪的轰鸣。即便有三四块麦田，也总是屑屑弱弱地依着厂房，像犯了错的孩子，少了馥郁，少了辽阔的馨香。

又是一年四月守望麦田时，而我，何时方能重返麦叶田田的旧梦里？

发表于2017年4月19日《甘肃地税》

草木情缘

一

我总是对身边或荣或枯的草木情有独钟，或许是因了生在村庄、身处高原的缘故吧，故而与草木为伍，深深结下一段草木情缘。

草木有情。

我的村庄隐逸在大山深处，是春荣秋枯的草木与山野间执灯游走的神灵，长久地护佑了村庄经年的安逸与神秘。春晨推门而出，漫步至庭院，一不小心你就会被拱土而出的草芽惊住了脚步，俯身，便见那草芽嫩黄嫩黄的，斜着身子从砖缝土坯间挤出来，鲜鲜亮亮地生长着，那明亮里似乎憋足了劲儿，手指轻轻地触上去，看似柔嫩的身子骨却也硬硬朗朗，让人在心生怜惜之余便多了一分敬畏，一分惊叹，原来这平生命贱的冰草一出生就心向穹苍，硬硬朗朗地向着高远的天宇一路进发。过不了几日，房前屋后，紧邻村庄的山野，远远望去，已是一片葱茏。顺着山道缓步而行，小草们已多出了或圆或长条的叶子，浓浓郁郁地向着你的脚踝漫过来，婆婆娑娑地吻着，让你顿觉醒来的不只是草，随之醒过来的还有这山，这村庄，这地脉深处涌动着的爱恋。于是，童年的大多时候，我总是跟随了父母，吆喝了家里唯一的驴子，不是上山下田犁地，就是母亲提了箩筐一边铲草，我在另一边看着驴子吃草。望着驴子一口口满含着嫩草漫不经心地咀嚼着，我就忍不住思忖，这村庄，这山野，若不是一季季轮回的草木在遮蔽大地褴褛的同时给了家畜们丰厚的草料，那村头巷尾，漫山遍野的牛羊又如何得以生存，这辽阔的土地又会被谁的双手耕耘，这整饬的田畴之上还会是馥郁葱茏么？于是，在一遍遍的暗自思索里，我对身边遍布的草木又多出了一份感动，一份发自内心的默默期许，期许雨水丰广，草木葳蕤。

那时候，家境贫寒，一头驴子是家里仅有的财产，因此，喂饱驴子是一家人不可推卸的重任。因为父亲常下田打理庄稼，因此，这个责任责无旁贷地就落到了母亲的身上。一年三季，驴子吃的全是母亲铲回来的青草，驴子也因此毛色顺滑，体态丰腴。而到了冬天，万物凋零，草木干枯，母亲只好在深秋时候就为它预备草料。母亲将田埂地畔的青草收割起来，一捆一捆捆扎起来，堆在田地向阳的土坡，等深秋落过几场霜，再经风干，我们就用架子车运回来，堆在房前屋后的场院里，摞得整整齐齐。冬闲了，驴子不再出圈，山野亦是一片荒芜，驴子就在草棚里安静地享受着散发清香的草食，驴子安静，一家人也安宁。因此，草木于我们是有情的，就像母亲说的，"草活一季，人活一世"，我们的饥馑年月因草木轮回亦得到了安度。

二

　　日子就这样波澜不惊地过着。

　　六岁那年，灾难来到。母亲背着一大捆青草从蜿蜒山道蹒跚而下，突然，深感肚子疼痛，一家人手忙脚乱地送到医院，经医生诊断，母亲因长期劳累加之营养不良导致胃穿孔，医生建议进行胃切除术后回家休养，但饥馑年月里的人们，哪能得到休养呢？

　　于是，一九八六年的夏天，母亲开始与一副副中药结缘，而我，亦与百十种草木相识。

　　山药，切片，滋养强壮，助消化，敛虚汗，主治脾虚腹泻及消化不良的慢性胃肠炎。党参，健脾补气。枳实，又名枳实，性味归经，主治积滞内停。血竭，活血定痛，主治心腹瘀痛。白芍，主治血虚萎黄。干姜，温中散寒，回阳通脉，温肺化饮。至于鹿茸、人参当是大补之品，但母亲的中药里时有时无，这缘于我们的经济状况。虽是一味味草木，却也千差万别。

　　熬煎中药，也是一件极为讲究的活计。父亲忙于农事，这活计自然而然归于我了。根据父亲的指导，熬制中药用椿木最好，于是，每次熬制中药的前几天，我都会爬上门前的椿树上，折下椿树枝，晾晒在场院宽阔的地方，及至熬制中药了，椿树枝早已干透。经过了多次的实践，我终于明白，原来椿树性温和，加之使用陶罐，熬制出来的中药原汁原味，更能符合病情需要。于是，在熬制中药的当口，我就一边添加柴禾一边想，这原本属于大地的草木，在经历了风霜雨雪的历练后，却能滋生出万般滋味，亦能祛除人身体中的病痛，它们，难道是受到了游走山野神灵的点化，抑或这些草木生就通人性，解苦难？

后来，我就在神话传说中读到了神农辨药尝百草的故事，作为三皇之一的神农氏，看到人们得病，誓言尝百草以解救众生苦痛，在尝百草的过程中他多次中毒，虽多亏有茶解毒，却终因尝断肠草而逝世。人们为了纪念他的恩德和功绩，奉他为药王神，并建药王庙四时祭祀。由此可见，生长在大地上的草木，是深情于人，深情于村庄，深情于每一个生命个体的。自此以后，我对无论是自生自灭的无名草，还是通过一路攀爬绕在房檐屋舍上的花花草草，内心深处都充满了莫名的感激。

为我的母亲，为这神奇的草木。

三

后来，我就离开了村庄，外出求学。

其实，离开了村野，也就离开了草木清香的滋润，在异乡的日子里，我感受到一种独特的专属于草木的饥渴。午后的闲暇里，我会捧了书，独自在校园的合欢树下默读，字里行间的情愫，暗合着合欢的清香，丝丝缕缕，从鼻息到肺腑，从自然到内里，浸润着我生命的渴念。

周末的日子里，我也会约了三五好友，一路游行，爬上学校对面的南山。秋日的南山，银杏树遍布，葱葱郁郁，举首而望，精致的银杏叶就像一把把打开的折扇，散发着金黄的光芒，在斜阳普照里,斑斑驳驳。我就在金币般的闪烁迷离里兀自出神,我想把那些被风吹旧了的随风而落的银杏叶全部捡起来,一部分留给自己,作为岁月流逝的见证夹于书中,一部分随书信寄回故乡,寄给日夜念想的父母,和随岁月日渐褴褛的老屋。

就这样,我越来越爱上了关于草木的文字。读汪曾祺老人的《人间草木》,我懂得了一位沧桑老人在特定年月里对草木真情的挚爱,也逐渐理解了一位老人借草木抒怀,依草木而生的强烈渴念。"寻常细微之物常常是大千世界的缩影,无限往往收藏于有限之中!"草木情怀因了老人的文字而更令人心向往之。

汪老写草木,亦画草木,菊花着墨不多,寥寥几笔足见菊之拒冰霜于千里之外之性情;紫穗槐少缺了旖旎的浓艳,却多了几分遒劲,几分刚柔。这些,是信手拈来么?不是的,它一定饱含了老人胸中对草木一季、人生一世的顿悟与表达。《人间草木》的版本变了又变,至今在我的案头亦有精装本一部,月色正好的夜晚,我依旧倚窗品读,为草木情怀,亦为岁月幽香。

而今,我寄居小城,故园虽在,却已风烛残年,故园的草木也因时光流逝而日渐苍老。那粗壮高大的槐树还会一树婆娑、一树花香么?那绕过屋舍的牵牛花还能绕过时间的窗棂爬过屋檐么?那棵烧制出母亲救命汤药的椿树还会年年新枝、岁岁遒劲么?

秋日将近,我必须赶在秋霜来临之前归于故园,亲手敲开故园由草木清香浸淫的门扉,为一世草木情缘。

发表于2017年7月11日《今日兴义》

蛙鸣遍野

在北地六月,蛙鸣就像一曲嘹亮的民乐,开启了盛夏的晚宴。

蛙声绝不孤独,只要一个声部起落,它们就会集体奏鸣,似乎那开头的第一声,就像部落行动的鼓点,激昂短促却力量动人,之后便是长久的响应。这音乐,总是从沟渠低处发出,沿着河岸,一路上升,穿过崖畔浓密的杨柳罅隙,进入玉米林,再蔓延开来,落在村庄的角角落落。这时候,晚饭必是早已吃过,男人们就聚在村庄阔大的场院一角,海天阔地地聊着,从庄稼的丰欠,到童稚的学情,老人们则三五集群,不紧不慢地说一些陈年往事。最为尽兴的当是孩子们了,他们总是有使不完的劲儿,在草垛间左躲右闪,你追我赶,似乎每一个人的内心都集聚着久违的梦想,而夏夜的场院,便自然而然地成为了他们实现梦想的理想场所。而蛙声,绝不中断,似乎孩子们的每一次奔跑中,蛙声也在奔跑,整个场院也因此而蛙声充盈,像那些陈旧的故事里密匝着的动情与诉求,每一声,若震颤的琴音,从枝枝蔓蔓间飘落下来。

飘落下来的,还有萤火虫的小小灯笼,借着月色,它们将短粗的尾部在空中一甩,便甩出一缕如豆的明亮来,昏昏黄黄地耀着你的眼。接着,便有第二只,第三只,从你的脖颈处斜插过去,又从别处猛插过来，似乎那光，是借着这灵敏的飞跃擦拭而出，这时候，便有顽皮的孩子追着这光左冲右突，闪过了麦草垛，又折回了杨树林，最后，径直向着远处的麦田奔跑而去，而村人们谁也不会阻拦，也不予以理会，谁都知道，童年的时光里最为珍贵的当是好奇与梦幻了。

及至夜深，蛙声就会减弱下来，你若不是在回神的瞬间突然发现，不会有人刻意去聆听的，毕竟那蛙声不是叫给你我的，就像每一声天籁，在有意无意间光临了你我的内心，而不会在某个特定的情景里叫醒你我。于是，困了的人们仰首望了望辽远的星空，不经意地说一声"睡吧"，人们就会三三两两起身，吆喝了孩子归家而去。他们知道，这蛙声遍野的时候，便是庄稼即将成熟的时候，好多隐蔽在屋舍下的农具也该拭去尘土，走进一段忙碌之中了，不是"稻花香里说丰年，听取蛙声一片"么？

回到庭院的人们，为牛羊添加过草料之后，便安静睡去，若是醒着的人儿，必见如水的月光透进窗棂，散散漫漫地泼洒在地上，被单上，围墙上，透亮，安静，洇染出一屋的宁谧。间或一声蛙鸣，像一曲余音的结尾，月光般落进来，滴落在谁人的眼眸中。

其实，蛙声充盈的盛夏，让人多了一份惬意，一份牵念。不是么？回不去村庄的人们，总会挑了晴朗的夜晚，沿着河道漫步，那不经意间的漫步里，是否若我一般，心中满含了久违的期许，期许一声蛙鸣，润泽久违的魂灵？

发表于2017年7月14日《自学考试报》

第四辑　行走的脚步

　　天空又飘起了濛濛细雨,那雨滴,落在高大的梧桐叶上,落在青石板小径上,落在你我的发丝上,还有那么几滴,径直落进我的脖颈里,那一刻,我似乎怀揣着巨大的幸福与念想,和着淡淡的愁绪,在未来的日子里,带着更深的期盼去追寻更大的幸福!

——《印象南京》

秋日野荷谷

秋日，穿越六盘山隧道，下得坡来，在六盘古镇右拐进入省道，而后一路向西，经由宁夏泾源县城，进入野荷谷。

初到野荷谷，便见峡谷两岸奇峰对峙，山崖耸立，奇峰之上，层林尽染，微风如熏，令人心旷神怡。顺着峡谷缓步而行，秋日的高阳从层林的罅隙间洒落下来，斑斑驳驳，忽隐忽现，在闪烁迷离间，让人应接不暇。高大的针叶林遍布山间谷底，枯黄了的针叶随风飘飞，不似黄叶飘落的飘逸，却有落雪的情趣，落在发髻上，落在脖颈里。游人却并不气恼，而是轻轻地伸手进去，摸出来细细端详一番，而后又轻扬在风中。

林间的草地上，积了一层厚厚的针叶，泛着金光，脚步轻轻地落上去，轻柔地陷进针叶的王国里，绵软而有弹力，顽皮的孩子们便在林间相互追逐，相互嬉戏，尽情享受着针叶林里无尽的欢乐。举首而望，两岸奇峰或托腮独立，或相互搀扶，依崖而立，或向着谷底，俯首沉思。藏匿在密林间的鸟雀将一声声清脆的鸣叫滴落下来，落在河谷中，与潺湲的溪水相应和，声声清凉，声声浸人心脾。累了的时候，安坐在林间的小石凳上，此情此景，便让人有了禅思的境界。

行至峡谷深处，只见两岸奇峰峭壁之间，挺拔的白桦树，针叶松，高大的白杨林，相互交错，红黄相间，红似霞，黄似金，绿如缎，加之深秋时节的霜落，使得层林尽染。伫立凝望，便觉得那是人间奇迹，却没有哪位画家能用画笔描绘得出。斜了的阳光顺着峡谷倾泻而下，金光闪闪，恍惚间，觉得那山在动，那树在摇，还有那隐匿在密林深处的红豆，在含笑而语，说着不为人知的偈语。

顺着河谷一路欢歌的是流水淙淙的溪流，溪流之间，便见野荷如盖的叶片支撑开来，形成一片绿荫，而溪水的欢歌就隐藏在一片又一片的清凉里，记忆着时光的脚步。及至到了峡谷的最深处，才见成片的野荷层层叠叠，相互掩映，形成辽阔的野荷之谷，这也便是"野荷谷"名称的由来。在谷地的宽阔处，回族兄弟拉了马匹，供游人骑游，而远处的凉亭内，回族姑娘们热情地招呼着，叫卖自己从深山中挖来的野花野菜，松果松塔，以及一些名贵药材，游人们或在凉亭内信步，或挑拣喜爱的野果，品尝着，笑意绵绵。

秋日野荷谷，少却了夏日荷花的灿烂，叫人心生遗憾，不过，在生命的长河中，又有谁人能够心中永驻璀璨光华，其实，只要心中大爱，秋日的成熟依然是人生不可多得的丰获。

发表于2014年10月15日《银川日报》

青海湖纪行

阳光的箭簇大把大把地播撒在大地、经幡和金色佛塔圆形的穹窿上，油菜花大片大片地掏出内心馥郁的香气，忧郁而宁静。倏忽之间，大地上却飘起婆婆娑娑的雨滴，将间或升腾的热气再次覆灭，这就是青藏高原瞬息万变的自然气候，令人猝不及防却又心存感恩，让你在瞬息变化中感受生命无限的快乐。

一

此刻，阳光浓郁，日月山沉浸在日光祥和的沐浴里，风徐徐掀动经幡，祈愿台上的烟火，悠悠地飘荡着，像一枚枚经页，在漫溯的时光中飞翔，又似高原天空里牧神手持的牧鞭，在空中悠扬地划过，牧放着天空草场里的羊群。朝觐的人们络绎不绝，带着满心的期待与热爱，将一颗虔诚的心灵牧放在高原广袤的辽阔里。远处的藏牦牛安静地俯首食草，似乎在它们的内心深处，永远只有丰茂的草场和顺着雪山潺潺溜下来的清凉的雪水，这是它们赖以生存并不断成长的关键。成百成千的牧羊，悠闲地漫步着，毫无着急的步态，因为在草原，除了藏牦牛，它们就是整个辽阔天地里的主宰。

随着上山的车队缓缓进入山顶，木质建筑的文成公主庙赫然映入眼帘。相传当年文成公主跟随送亲的队伍经过千辛万苦，抵达日月山停歇时，掏出随身而带的铜镜，据其母亲交代，只要思念家乡亲人的时候，照照铜镜，即可看见母亲的颜容。文成公主掏出铜镜，非但没有看见日夜念想的母亲，反而照见了自己艰辛的倦态，于是悲痛交加，将铜镜摔碎在日月山下，铜镜立刻变成了一座大山，阻隔在青藏高原与大唐西域之间，这便是日月山的来历。而矗立在山间的文成公主塑像，则是后人为了纪念这位伟大公主而建。至于那块至今扶山回望的"回望石"，则是公主滴落在日月山的泪滴所化。这些虽是后人发自肺腑的传言，但却真实地再现了公主思家念亲的赤诚之心，至今仍令人感动不已。

二

从日月山一路向南，二十分钟车程，便到了"青藏高原第一镇"——倒淌河镇，日月山的感动依然在倒淌河里流淌着。当年文成公主在日月山稍作歇息，铜镜变幻为日月山后，继续西行，可思亲念家的情绪依然在胸，便流泪前行。泪水在此地化为河流，开始一路倒淌，便有了流传至今的倒淌河。后来，随着藏区经济贸易的发展，这里变成了青藏高原第一镇。放眼望去，整个倒淌河穿越在茫茫草原之中，犹如一条丝带，闪耀着明丽的光芒。两边的山峰高耸对立,峰顶终年积雪,在阳光的照耀下,银光闪闪,为小镇送来丝丝清凉。草原之上,全是牧场,牛羊遍野,水草丰茂,土壤肥沃之地,油菜花成片开放,花香馥郁,蜂蝶飞舞,六月的倒淌河沉浸在花香甜蜜之中,令人陶醉。

沿公路西行,便见经幡摇曳,由于草原的辽阔,搭建在空阔草原之上的游牧帐篷显得孤寂,但有了无数盏星辰般闪耀的野花的点缀,整个牧场便给人以开阔与温暖。

三

随着车子临近青海湖,阵阵凉意从车窗挤进来,或许这就是湖水的力量吧,它们除了奉献给高原生命般珍贵的水资源之外,更重要的是调节气候,使这里雪峰晶莹,水草嫩绿。随着车子抵达二郎剑景区,高原的黄昏也随即来临,山顶飘过的雨云,说下就下,一场清凉随之降临。

黄昏中的青海湖被水雾弥漫,染上了水墨的颜色,水天相接的地方,夕阳的余晖泼洒下了金色的光芒,将开阔的水域洇染开来。清风拂动,波光粼粼,整个水面上似乎跃动着无数的银币,鸥鸟衔了迷蒙夜色,在湖面上翔集,它们知道,此时的青海湖就是快乐的源泉。

晨起,快乐的人们已经在湖边闲庭信步。阳光的箭镞斜射在湖面上,健壮的马匹在主人的驾驭下,沿着湖边或漫步,或疾行。湖面中央,快艇似离弦之箭,飞速划过,将湖面划开一道浪花的水道，随即又被两边的水浪弥合。沿湖边慢行，整个人的内心也将开阔起来，似乎整个生命在面对无垠的辽阔时，便了无俗世的挂牵与念想，唯有辽阔与纯净，这，难道不是生命正要追求的境界么？

江南五月

花开有声,那是骨朵献给大地的葳蕤之歌;泥燕翻飞,那是翅膀献给天空的俏丽之姿;而在这个花香馥郁的五月,我们又该以怎样的姿态俯身大地,完成对岁月的诚挚膜拜呢?唯有行走与聆听。

看惯了北方山的雄奇,便有了领略水乡风情的向往。于是,趁闲暇之余,携三五挚友,结伴而行,不远万里,去玩赏江南水乡的万种柔情。

初涉江南,在领略了无垠的辽阔之外,剩下的便是那深入灵魂的水乡柔情了。

漫步青石小径,风是轻柔的,掠过发际,拂过面颊,举手投足间,已悄悄钻入了薄衫袖口,倏忽从领口脖颈处蹿了出去,掠了身体中的暖和香,去到了远处。而此刻,雨丝若有若无,似恍惚的梦境,在三三两两的纸伞罅隙里随风而动。拱桥边,有人临水凝眸,忆往昔旧事;有人凭栏远眺,抒幽思之情;有人用书页遮了发髻,于画舫与小舟之间久立沉思,那雕梁画栋的背后,暗藏了多少风情与泪花,对于初涉水乡的人而言,需要更多岁月的解读,而此情此景，不就是千百年来无数画家泼墨描摹的水墨画境么？蓦然回首，又被谁人的长焦收入了恒久的画面，绵远而又意味深长。

　　缓步而行，那无际的油菜花田最是令人默然肃立。金灿灿的黄花丛中，炫目的绿与黄交相辉映，如锦似缎，如大地铺设的金色地毯，连绵起伏，变化万千，花姿、花影、花浪、花潮令人目眩陶醉。置身花田，馥郁芬芳的花香随风弥漫，"油菜花间蝴蝶舞，刺桐枝上鹁鸠啼"，宋代词人黄公绍的词句，正如这芬芳遍野的油菜花，招来忙碌的蜜蜂和多情的蝴蝶，引来远游的燕子和田间的布谷，蜂飞蝶舞，虫鸣阵阵，确让人远离了城市的喧嚣，感受到自然的安谧与宁静。

　　于是乎，同行的文友或把酒临风，或仰天长诵，或屏息静拍……我不禁想，这不就是生命应有的境界么，不就是人生中最为高雅的乐趣么，不就是江南大地献给五月最美最真的颂辞么？如果此生不再归去，就让我手握一朵灿烂的油菜花，安卧在江南的大地深处，聆听岁月蹉跎，静享时光安谧。

发表于2013年5月26日《泰州日报》

印象南京

　　车子从上海返回金陵古都的时候,恰逢濛濛细雨,或许,这就是上天为有梦想的人而降的一场幸福雨。

　　此刻,夜色的幕布虽已笼罩下来,但无法罩住远处的璀璨光华。楼群林立,一座与一座之间,挨挨挤挤,像是亲密的兄弟并肩而立。目光透过古老的塔式建筑,檐上的灯火蓝紫相间,明灭有致,交相辉映,斜风细雨追逐着,奔跑着,织起一帘薄如蝉翼的纱衣,天地之间更添了多姿多彩的朦胧,让人的内心平添了一份静谧与遐想。不知不觉之间,车子已驶入苏州地界,夜色也多了几分浓郁,毕竟已是深秋时分,夜晚行车,窗玻璃上布上了一层薄雾,恍惚之间,几欲隔开我多欲的视线,轻轻地用手抹去迷雾,远处的稻田里,即将成熟的稻穗低沉着头,互相搀扶着,布阵排兵,默默地静享雨之滋润,好像浑身散发着馥郁的香气。忽地,一道宽阔的湖水惊现眼前,粼粼的波光借着近处的灯火,金子一般泛着亮光。湖边的芦苇,白了头,缓慢地摇曳着修颀的腰身,那芦花,更像摇晃着的梦,向谁招着手似的,或者是在说着梦话。几只倦了的水鸭,安静地浮在水面上，靠着湖岸，似乎已进入了梦乡……

当车子进入南京城内的时候，已是次日三时许，迷蒙之间，在紧邻秦淮河边的旅店住了下来。同行的，或许是累了的缘故吧，少了说笑，或许，每个人都在自己的内心演绎着一路上的丰硕收获，顾不得说出来，也怕一说出口，就少了那份江南风味。

第二日，早餐之后，我们先是去了秦淮。"朱雀桥边野草花，乌衣巷口夕阳斜""旧时王谢堂前燕，飞入寻常百姓家"，这些绝美的诗句早已在我的内心为金陵秦淮蒙上了一层神秘面纱，朱雀桥边的野花，乌衣巷口熔金的落日，飞入寻常百姓之家的双双信燕。而今，我终于能信步而行，独自感悟这六朝粉黛曾经的金粉生活，但时光总是一去不返，那些过往的奢靡生活已随着岁月的车轮远去了，留下的，唯有这秦淮岸边亘古的繁荣与因历史而带给人的无限遐思。

秦淮河古称淮水，据说是在秦始皇时，曾下令凿通方山引淮水，横贯城中，故名秦淮河，又名"龙藏浦"。相传当初秦始皇东巡至金陵，有方士说金陵乃王气之城，秦始皇为了江山永续，命人挖河断龙脉，因成"秦淮河"，其由来就已经让人足够浮想联翩。同时，秦淮河作为扬子江的支流之一，全长约110公里，乃金陵古都主要河道，历史上极有名气。近代因战乱等原因，两岸建筑多遭毁坏，1985年以后经修复，再度成为著名游览胜地，素为"六朝烟月之区，金粉荟萃之所"，其发展之历程更具曲折。据传十里秦淮两岸多贵族世家聚居，文人墨客荟萃，隋唐之后，一度冷落，明清再度繁华，富贾云集，青楼林立，画舫凌波。而此刻，让我更为久立凝思的，则是十里水域之上的灯船，虽少了夜晚的明媚辉煌，但也飞檐漏窗，雕梁画栋，不禁令人想起朱自清先生夜游秦淮时的文笔飞扬与神思泉涌。转身之间，如织的游人，早已竞相立于望月台上，你争我抢，相互拍照留影，唯有我，举起的相机迟迟不肯摁下快门，我怕，那一摁，碎了我的秦淮梦。

下午的时光，则是在雨花台革命烈士陵园度过的。步入园内，信步而至，首先看到的是一座高约60米、宽约2公里的小山岗。据说南梁初年，高僧云光法师曾在此设坛说法，因内容十分精彩，感动佛祖，顷刻间天上落花如雨，因此得名"雨花台"。岗上盛产的彩色玛瑙石，也因此得名"雨花石"。沿着小道拾级而上，岗上松柏郁郁葱葱，繁茂浓郁，虽已是深秋时节，却也蝉鸣浩大，清脆悦耳。林间清凉幽深，让人心生敬畏。令人敬畏的，更是这里埋着近10万革命先烈的忠魂，他们在国民党统治时期遭到了惨绝人寰的杀害，新中国成立后，为缅怀先烈英灵，于是建造了这座占地面积达113公顷的烈士陵园。下了石阶，沿环陵大道而上，便到了雨花台顶的烈士纪念碑，该碑高42.3米，寓意1949年4月23日南京城获得解放。瞻仰碑身正面，为邓小平题写的"雨花台烈士纪念碑"几个大字，北面为当代书法名家武中奇先生书写的碑文。纵观碑文，不禁令人心生悲愤与敬仰，悲愤国民党黑暗统治的惨无人道，敬仰革命英烈的忠贞无畏，是他们的铮铮铁骨给了南京儿女幸福，给了华夏儿女骄傲与奋争的勇气。他们的忠魂，将伴着后人的念想与崇敬而得以永生！

走出陵园的时候，我终于明白，幸福总是与生命相伴而生。

午后，离开古都金陵的时候，天空又飘起了濛濛细雨，那雨滴，落在高大的梧桐叶上，落在青石板小径上，落在你我的发丝上，还有那么几滴，径直落进我的脖颈里，那一刻，我似乎怀揣着巨大的幸福与念想，和着淡淡的愁绪，在未来的日子里，带着更深的期盼去追寻更大的幸福！再见了，金陵古都！我还会带着更大的幸福回来！

丽江，丽江

如若说云南大地是一部五彩斑斓的画册，丽江就一定是仰躺在画册之间的一枚精美绝伦的书签，日夜奔流的金沙江出其不意地拐过几道弯，就拐进了这画册中来，让古朴的丽江风情平添了几分跌宕的诗意与迷丽。

若是初遇丽江，就像品味一杯浓酽的香茗，不得快读翻阅，必是于细微处慢慢地品咂，方能领味其中的色香味，方能惊呼其绝艳。因此，在丽江古城没有快的节奏，唯有慢的脚步，慢的生活。信步于古城屋檐下，那青青瓦舍，瓦舍眉宇间悠然生长的苔藓，和着木质檐板和檐板间的雕梁画栋，你就会觉得古城不单单是素朴，素朴间更是透出几分雍容与华贵，若女子若隐若现的眉黛和唇齿间淡淡的红，于无声间递给你几分魂牵梦萦的追念与回首。

古城的小巷相互沟通，像河流的若干条支流，相互咬啮并心神抵达，你中有我，我中有你。街面全是青石板铺就，滚圆的石子若那跌落的鸟鸣，肩并肩，手拉手，少缺了锋利的棱角，多了圆润与明丽，轻轻地，将脚步落上去，你就能感受到它们在拥吻你的脚心，让你在有意无意间心生暖暖的痒意，却又不忍将脚步挪移开去。这总是让我想到古代衣袂飘然的女子，身着薄纱，脚穿棉质的平底鞋，款款于古城深巷，恰逢一场若有若无的细雨，左手抑或右手执了一枚油纸花伞，彳亍而行，而你刚好拐过街头巷尾，眸子中恰恰融进了这一幕，那一刻你我的内心该是怎样的柔情万千呢？是急行走近前去，还是郁郁而立？

这样想着的时候，我已是深深地踩进了小巷深处，雨依旧落着，如同想象中一般，不疾不徐，寂寂然，悠悠然。蓦然间，从身后飘过一缕乐音，循声而望，原是楼宇之间的一扇木窗向外推开着，窗内的女子怀抱了吉他，一手扶琴，一手抚琴，手指娴熟地拨弄于琴弦之间，那乐音就顺着指间滑落下来，飘向窗外，落进行人的耳廓之中，也落在眼眸之中。不知这乐声勾起了谁人念想的弦，竟致使漫步的人悄无声息地默然积聚起来，或举首凝望，或独自暗想，似乎这乐曲就是为曾经的往事而弹，抑或为昨夜的梦呓而奏，只是，谁也不愿说出什么，也不想说出什么，就这样默然地静立着，让一段铭心的音乐刻进灵魂深处。

顺着小巷漫步，随处可见的石桥架连接成了街巷与屋舍的通道，腰封一般将这画册勒封起来。腰封间，便是姹紫嫣红的小花，一朵挨着一朵，一束挤着一束，你的藤绕过我的脖颈，我的叶穿过你的茎秆，殷红如霞，粉白如云，和着潺潺水声，悠然自在地繁茂着。石桥边，石缝里，人家屋檐的罅隙间，三五朵，八九朵，像时光拧亮了的灯盏，光晕氤湿着时间的脚步，也氤湿着游人的脚步，在不紧不慢的柔情里，将一份静谧，开出几分淡然，几分悠远。

及至夜色的帷幕落下来，四下里灯火次第亮起，古城也就转瞬沸腾起来。如织的游人中不乏手捧手鼓者，即便是随性地拍打也是动人的音乐，整个小巷之间乐声缭绕，好生热闹。尤其是街巷两边的店铺里，手工腰刀，银件佩饰，大小高低不等的手鼓，女性丝织的衣饰，借着氤氲的灯光一起揭开神秘的面纱。

这时候，各家门店均是顾客盈门，有人询价，有人借助灯光仔细推敲着自己喜爱的物件，有人目光安静地落在橱窗内某件物品上，静默地思考着什么。酒吧的音乐声此起彼伏，一浪一浪汹涌而来，年轻的舞者随着音乐的节奏翩然而舞，觥筹之间，多了一份热烈，一份默契，酒者追逐的不再是酒，而是因酒生发出来的对生命的休闲和热爱。

当然，美食街上的手工作坊此刻也绝不消停，桂花糕，雪花糕，玫瑰糕等甜品一应俱全，款式新奇；丽江雪桃、雪茶、普洱茶更是冰清玉洁，风味独特；腊排骨、鸡豆凉粉、糯米血肠、丽江粑粑让人口角生香，回味无穷。于是，到了丽江，也就到了美食者的天堂，每一味美食都将为你我的人生留下一段牵肠挂肚的回忆。

等待夜色完全沉静下来，登高一览丽江是抵达丽江者的最爱。缓步而行，穿过数条纵横交错的石街，循着一路灯火向狮子山万古楼进发。一路上，店铺林立，乐声弥漫，而并不嘈杂。一层石阶接着一层石阶，一梯通达一梯，走进去，拐出来，再弯进去，就这样在七拐八弯里让你真切地感受到一座山的伟岸与神秘。

及至抵达山顶，进得院门，便见万古楼拔地而立，登至三楼，临窗而望，整个丽江古城尽收眼底。灯火明灭间，凉风习习，就连远处石桥边的水声，似乎也潺潺入耳，不禁令人心旌摇曳，情趣顿生。此情，此景，谁能不流连忘返呢？

　　知遇丽江，不只是知遇风情，更是知遇大爱人生的襟怀！

发表于2017年8月14日《水富报》

跋

《丝路乡村——甘肃民间风物》这本散文集的写作与出版，实属近年来我对散文写作的自我探索与见证，本书入选的百余篇短小散文均是2013年以来发表在《人民日报》《散文百家》等报纸杂志的副刊文，虽则短小，但却融入了我对西北大地以及大地村野风物的自我感悟与记录，于一份淡然中见出我对生命存在及成长的思考。因此说，这本书是我献给生我、养我的西北大地的一份礼物，单薄却饱含了真情。

这里，我真诚地感谢我的村庄，是她给了我生存的原生地，也给了我文字写作的源泉。我的村庄就像一眼清泉。汩汩注入我的生命个体，让我在每一个安静的夜晚能有文字相伴，并以之取暖。同时，感谢我的父母，是他们的忠厚敦实给了我热爱这片土地的力量与信念，面朝黄土背朝天，这是任何一个村庄，也是任何一个村民必须面对的现实，我的父母就是在这样的环境里艰苦劳作，安享生活，他们对待生命的热忱就是我文字的最好归宿，感谢父母，我以文字相叩谢！最后，感谢妻子一直以来的支持与辛劳，是她坚定了我在文学之路上的信心，每一份文字收获的酬劳里，有我的一半也有你的一半。感谢儿女们，是你们的降生让我的文字增色，感谢孩子们，未来的路上一直有你们，文字与汗水共前行。